赤川次郎

花嫁は歌わない

実業之日本社

実業之日本社文庫

目次

花嫁は歌わない

プロローグ

「私、結婚するの」

と言われて、塚川亜由美《つかがわあゆみ》は、

「へ？」

と、いささかはしたない声を上げてしまった。

もちろん亜由美だって、今年二十歳のレディである。いつも、そんな声を出しているわけではなく、普通にびっくりしたときには、

「まあ！」とか、せいぜい、

「へえ！」

といった声を上げているのである。

しかし——この場合は、並の驚きではなかったのだ。「うな重」でいえば、「並」でなく、「特上」級の驚きなのだった。

「あの——久恵《ひさえ》、今、何て言ったの？」

別に耳が遠くなったわけではないのだが、亜由美は、ついこう訊《き》き返さずにはいられなかった。

「結婚……するのよ」

佐伯《さえき》久恵は、それこそ消え入りそうな声でくり返し、真赤になってうつむいてしまう。

「結婚って――久恵、あなたが？」

亜由美は、そう言ってから、傍を向いて、「ね、ドン・ファン、ちょっと私の頬っぺたなめてくれる？」

――ここは、塚川家の、亜由美の部屋。カーペットに座り込んで、話をしていた亜由美と久恵だが、その亜由美のわきに、ボディガードよろしく寝そべっているのは、つややかな茶色の肌のドン・ファン――といっても、別に陽焼けしているのじゃなく、もともと茶色いのだ――という名のダックスフントだった。

この犬、前に、亜由美がある殺人事件に首を突《つ》っ込んだとき、記念に（？）もらい受けたのである。

亜由美が、頭を下げて、頬を差し出すと、心得たもので、ドン・ファンは、頭を上げてペロリとなめた。

「冷たい！」

と、亜由美はあわてて起き上り、「夢じゃないんだ！」

ちょうどそこへドアが開いて、

「——何が夢じゃないって？」

と、入って来たのは、亜由美の母親、塚川清美《きよみ》である。

「あら、お母さんいたの？」

と、亜由美は言った。

「出かけるなんて言わないでしょ」

と、清美は、盆にのせて来た紅茶のカップを、「ここへお紅茶、置くわよ」

「うん」

亜由美が、母親に、「いたの？」と訊いたのも無理からぬところで、大体清美はやたらによく出かけるので、いない方が普通の状態なのである。

「ごぶさたしてます」

と、佐伯久恵は、清美に挨拶した。

「相変らずおきれいね。久恵さんは」

と、清美は微笑んで、「それに、とてもおしとやかで、女らしくて……。少しは亜由美にも見習ってほしいわ」

「私のこと、すぐ引き合いに出さないでくれる？」

と、亜由美は母親をにらんだ。

「仕方ないでしょ。うちの子はあなたしかいないんだから」

清美は涼しい顔でそう言ってから、「――お父さんが外で子供でも生ませてなきゃね」

と、ショッキングなことを付け加えた。

「お父さんが？」

と、亜由美が目を丸くする。

「冗談よ。お父さんの恋人はハイジやキャンディですものね」

久恵が、目をパチクリさせた。

「何のこと？」

「いえ、いいの」

亜由美はあわてて言った。――亜由美の父親は、技術畑のサラリーマンだが、趣味はＴＶのアニメ。それも少女向けのセンチメンタルなアニメを、感動の涙と共に、ビデオでくり返し見るという、ちょっと変った好みの持主なのである。

「それよりね、お母さん、久恵、結婚するんですって」

「あら！　それはまあ、おめでとうございます！」

清美は手を打って、声を上げた。

「いいえ、そんな――」

久恵は、また赤くなって、うつむいてしまった。

「本当にねえ、亜由美だって、もう二十歳なんだから、婚約者の一人や二人、いたっていいと思うんですけど。よく言ってやって下さいな」

「二人いちゃ困るでしょ。――お母さん、あっち行っててよ」

「はいはい。それじゃ、久恵さん、また後ほど」

清美が出て行くと、亜由美はホッと息をついた。

「うるさいわけじゃないんだけど、そばにいると疲れるのよね」

と、亜由美は言って、「でも――久恵、一体相手は誰なの？」

「信じてないみたいな言い方ね」

久恵は、笑顔で言った。

「そうじゃないけど、あんまり急で……」

いや、正直なところ、亜由美には信じられなかったのだ。

久恵が、嘘《うそ》をついたりする子でないことは、親友たる亜由美がよく知っているのだが、それでも、素直に、「あ、そう」と肯くわけにはいかないのだった。

佐伯久恵も、同じ二十歳である。同じ私立大の文学部に通う仲だが、付合いは至って古い。小学校のとき、仲が良かったのだ。でも、中学で別々になり、その後はしばらく会うこともなかった。

大学へ入って、再会したわけだが、亜由美は久恵が、小学生のころと、あまりに

「変っていない」のにびっくりしたものである。

もちろん、それなりに成長し、女らしくもなっていたが、受ける印象が、まるで変っていないのだった。

二十歳で学生結婚。――そんなことも、昨今ではそう珍しくない。現に、今、同じゼミにいる子でも、一人、結婚しているのがいた。

しかし――他の娘ならいざ知らず、久恵が結婚とは……。

やっぱり「信じられない！」と言うしかなかった。

「信じてくれなくても仕方ないわ。私だって、まだ信じられないくらいなんだもの」

と、久恵は言って、「紅茶、いただくわね」

「あ、そうね」

紅茶のことなんか忘れていた！

「――相手、私の知ってる人？」

と、亜由美は訊いた。

「知らない人よ。大学の人じゃないの」

「ふーん。でも――お見合？」

「まさか。だったら、卒業まで待ってもらうわよ」

と、久恵は笑った。

「恋愛……。へえ！」

負けた、と亜由美は思った。

久恵は美人である。小学生のころから、ちょっと目立つ、色白な美人顔だった。

あまり健康的とは言えず、実際、よく病気で学校を休んだ。今も、その点では、やはりきゃしゃな印象を与える。

昔から少々はねっ返りの気味のあった亜由美は、久恵の「保護者」を自認していたものだ。その久恵が恋愛結婚。――亜由美がめげるのも当然ではあった。

「じゃ、学生結婚するわけ？」

「そういうことになるわ」

と、久恵は肯いた。「たぶん――近々ね」

「やってくれるわねえ！　私に一言の相談もなく！」

「ごめんなさい。怒らないで」

と、本気で心配している。

亜由美は、フフ、と笑って、

「私を見そこなってくれちゃ困るわよ。そんなことで怒ると思ってるの？」

「良かった！――もう友だちだと思わないなんて言われたら、どうしようかと思ってたのよ」

「そんな！——どんな人なの？　名前は？」

と、亜由美は身を乗り出した。

「今度、ちゃんと紹介するわ。あなたに真先に」

「そう来なくっちゃ」

「彼が——」

「え？　何なの？」

「彼が……ちゃんと離婚したらね」

と、久恵は言って、曖昧に微笑んで見せた。

——このとき、強引に、相手の男についてもっと詳しく突っ込んで訊いておかなかったことを、後々まで亜由美は悔むことになった。

その十日後に、佐伯久恵は自殺したのである……。

1 再会

「男が何よ！」

と、亜由美は大声を上げた。

「亜由美――」

と、神田聡子《かんださとこ》が肘でつつく。

「何よ？　何か言いたいことがあんの？　だったら言えばいいじゃない」

「もう少し小さな声で――」

「私の声が大きいの？　冗談じゃないわよ！」

亜由美は、ウイスキーのグラスを振《ふ》り回しながら言った。「大きい声ってのはね、こんなもんじゃないの！　大声っていうのなら――」

と、一息入れてから、いきなり立ち上り、

「ワーッ！」

相当に大きなパブではあったが、その亜由美の、かなり周波数の高い絶叫で、一瞬、誰もが度肝を抜かれて、シンとなった。

「ハハ、静かになった。――ざまあみろ」

ドテッとまた椅子にかける。

聡子は、もはや諦めの境地で、ため息をつくばかり。

神田聡子は、亜由美の親友の一人である。もっとも高校からの友だちなので、死んだ佐伯久恵とは、ただの知り合い、という程度でしかなかった。

それでも今日はちゃんと久恵の葬儀に出て、その後、亜由美の「やけ酒」に付合っているのである。

「ひどいじゃない！——あんな、久恵みたいな、純情な子を騙《だま》すなんて。人間じゃない！」

「分るけどさ、亜由美」

と、聡子は肯いて、「どうしようもないじゃない。佐伯さん、死んじゃったんだもの」

「許せない！」

亜由美はキッと正面をにらみつけた。たまたま正面のテーブルに座っていた男が、ギョッとして、あわてて席を移った。

「許せないわよ！　奥さんがいながら、久恵を弄んだ奴！　絶対に許せない！」

「そうねえ……。可哀そうね、佐伯さん」

聡子が、カクテルを、ゆっくり飲みながら、「きっと相手の男を信じてたのね」

「ねえ、不公平じゃない。不倫の恋の責任がたとえ男女、半々とするとしてもよ、久恵の方は自殺、男の方は、知らん顔で、今まで通り、奥さんと当り前の家庭生活……。そんなの、絶対におかしい！　ちゃんと男の方だって、責任を取るべきよ」

「うん。亜由美の言うこと、分る」

と、聡子は肯く。「だけど、その肝心の相手が分らないんでしょ？」

「そこなのよ。——悔しいなあ！」

亜由美は、グラスをぐっとあける。

「飲み過ぎよ、亜由美」

「放っといて。私、久恵から相手の男のことを、何一つ、聞き出さなかった。——馬鹿だったわ。自分の馬鹿さ加減に乾杯してんの」

「自分を責めても仕方ないわよ。彼女が自殺するなんて、分るはずないんだから」

「自殺……。本当にねえ。久恵、幸せそうだったのに」

たちまち亜由美の目から涙が溢《あふ》れて、頰を伝って行く。アルコールのせいで、涙もろくなっているのである。

——誰かが亜由美の前に立った。顔を上げると、二十歳前らしい若者が、だらしない——本人はカッコいいと思っているのであろう——格好で、ニタつきながら立っている。

「おい、姉ちゃんよ」

と、その男が言った。「いやに湿っぽいじゃねえか」

「私は一人っ子よ。弟はいないの」

と、亜由美は言い返した。

「男に振られたのか？　何なら付合ってやってもいいぜ」

と、ニヤついている。

「あ、そう。ご親切に」

「ああ。俺って凄く親切なんだよな」

「小さな親切、大きなお世話、って文句、知ってる？」

亜由美のグラスは空なので、聡子はいくらか安心していたのである。――が、気付くと、亜由美は、聡子のカクテルのグラスを取り上げて腰を浮かしていた。

「亜由美！」

止める間はなかった。――グラスの中身は、次の瞬間、若い男の頭上から降り注いでいたのである。

「そりゃね――」

と、母の清美が言った。「お前がまだ小学生のころには、よく駅までとか、迎えに行ったりしたものよ。でも、まさか留置場に迎えに来るなんてね……」

「警察が分らず屋揃《ぞろ》いなのよ！」

亜由美は仏頂面である。

——朝になっていた。パブでの大騒ぎで、大分、コップだの照明だのが壊れてしまい、頭に来た経営者が一一〇番した、というわけだった。

かくて、亜由美は、生れて初めて、留置場という無料ホテルで一夜を過すことになったのである。

「——頭が痛い」

警察署を出て、亜由美は顔をしかめた。「ベッドが固くて眠れないんだもん」

「留置場に文句つけてもしょうがないでしょ」

と、清美が笑った。

清美の方だって、大してショックを受けちゃいない。この母親の顔色を変えてやるのは、容易なことではないのだ。

警察から、お嬢さんを引き取りに来て下さい、と電話があったとき、清美は、

「あら、刑務所って、そんなに早く出られるんですの？」

と訊き返して、係官を焦らせた……。

「損害賠償の請求が別に来るらしいわよ」

「ひどい！　暴れたのは相手なのよ。私はせいぜい椅子を振り回したぐらいなのに」

「おこづかいから長期払いにしてもらおうかね」

清美は真顔で言って、「でも、それじゃ、お前がお嫁に行くまでに終りそうもないわ」

「結婚なんて、ごめんだわ」

と、亜由美は青空を見上げて、まぶしげに目を細くした。「私が久恵みたいなことになってもいいの？」

「お前の気持は分るけどね」

と、清美は、娘の腕に手をかけて、「想像だけで、ものを言ってはだめ。男と女の仲は、全部、それぞれに違うんだからね」

亜由美は、母の顔を見た。——清美は足を止めて、

「タクシー、来ないかね。家へ一旦帰るんでしょ？」

「うん……」

「大学は？　行くの？」

「——つもりよ」

とは言ったものの、もちろん何の支度もしていない。

すると、そこへ、

「ちょっと！」

と、男の声がした。「間に合った！」

振り向いた亜由美は、見覚えのある、太った体、人の良さそうな丸顔に、

「あら！」

と、思わず声を上げた。「殿永《とのなが》さん！」

殿永は、前に亜由美が係り合った事件のとき、担当していた刑事である。

「まあ、刑事さん。その節はどうも」

と、清美が頭を下げる。

「いや、お久しぶりです」

殿永の方は、一向に変らない。

「でも——どうして——」

「会いに行ったんですよ、あなたに」

と、殿永は笑顔になって、「ゆうべの武勇伝を聞きましてね」

「まあ」

さすがに、亜由美も、ちょっと照れた。

「少し時間はありますか」

「ええ、もちろん」

「それじゃ、私、先に帰ってるわ」

と、清美が言った。「また逮捕されるようなら電話してね。——あ、タクシーだわ」

――清美がタクシーを拾って行ってしまうと、殿永が首を振って言った。

「相変らずユニークなお母さんですな」

「この親にして、って言いたいんじゃありません？」

殿永は笑って、

「言おうと思ってたことを先取りされてしまったな。――どうです、食事でも？　留置場じゃ、食欲も出ないでしょう」

「正直言って、お腹ペコペコなんですの」

と、亜由美は、言った。「殿永さんを食べちゃいたいくらい」

「でも、どうして私のことを――？」

亜由美は、たちまちスパゲッティの皿を空にして、一息ついてから、言った。

「あなたに会いたかったんです」

と、殿永が言った。「といっても、ご心配なく。愛の告白をしようってわけじゃありませんからね」

真面目くさった顔で、なかなかユーモアのセンスの持主なのである。

「まあ、残念だわ。誘惑されたら、ホテルに行ってもいいと思っていたのに」

「中年男をからかっちゃいけません。――おい、コーヒー！」

殿永は、ウエイトレスに声をかけておいて、「中年が本気になると怖いですよ。浮気の内はまだいいが」

亜由美はブラックのままのコーヒーを一口飲んで、殿永の顔を見た。

「それ、一般論でおっしゃってるんですか？　それとも——具体的な例で？」

「佐伯久恵さん。気の毒なことをしましたね」

亜由美は、じっと殿永の、少しとぼけたポーカーフェイスを見つめた。

「そう見ないで下さい。照れるから」

と、殿永が真顔で言う。

「殿永さん、それ、どういう意味ですの？」

亜由美の方は、やっと驚きから我に返った。「久恵のことをどうして……。久恵は殺されたんですか？」

「まあ落ちついて下さい」

と、殿永は手を上げて、「久恵さんは自殺した。それは間違いありません」

そう。——いかにも久恵らしい、と言っては妙だが、本当に悲しくなるくらい、生真面目な死に方をしたものである。

きちんと遺書も残っていた。もっとも、その文面には、死の原因になったはずの「男」については一言も書かれておらず、ただ、

「わけあって、自分の命を絶ちます」

とあるだけだった。

「あの遺書――読みましたか」

と、殿永が訊く。

亜由美は肯いた。

「久恵らしい遺書ですわ。――ご両親、友だち、学校の先生、ピアノの教師にまで、いちいち『お世話になりました』なんて……。部屋も机もきれいに片付いてて。――もっとも、久恵はいつもきちんとしてましたけど」

「そして、マンションの屋上から身を投げた。――二十歳」

殿永は首を振った。「いたましいことだ。人生、あと五十年も残っているのに」

「子供みたいに、純粋な子でした。私と違って、おとなしかったし……」

亜由美の目に、また涙が浮かんで来る。

「自殺の原因について、心当りは？」

亜由美は、殿永の顔を探るように見つめた。とっくに知っているのではないかと思ったのだ。

「――彼女、結婚する、と言ってました」

亜由美は、十日前の久恵との話を、殿永に告げた。殿永は肯いて、

「すると、相手の男については、何も言っていなかったんですね？」

「そうなんです。――私、悔しくて。もっと訊いておくんだったと……」

「しかし、一つだけ分っている」

「ええ。――奥さんのいる男だった、っていうことです」

「それだけでも大きな手がかりですよ」

殿永は、熱いコーヒーを、そっと飲んだ。

「――殿永さん。久恵の自殺を、どうして調べてらっしゃるの？」

「いや、他の事件を調べていて、そこにぶつかった、というのが正確です」

「他の事件って、どういう……」

「殺人事件です」

殿永はあっさりと言って、少し間を置いた。「――興味ありますか？」

「ええ」

即座に亜由美が肯く。

「しかし、あなたを危険なことに誘い込むのは、気が進みません」

「そんな！」

亜由美はキッと殿永をにらんで、「エサだけ見せて、そんな言い方ってないでしょう」

「それもそうだ」

殿永は微笑んだ。「今日――大学の方を一日、休めますか？」

「休めないけど、さぼれます」

と、亜由美は言った。

「それじゃ、出かけましょう」

殿永が立ち上る。

「どこへ？」

「ホテルです」

亜由美が、ちょっと目を見開いた。


「永田照美《ながたてるみ》？」

亜由美は訊き返した。

「聞き憶えありますか」

「さあ……。思い当りません」

「そうでしょうね」

殿永は、足を止めた。「ああ、ここだ」

ホテル――それも「殺人事件があった」というから、亜由美は、てっきりラブ・ホテルの類だと思っていたのだが、そこは至って新しい、小ぎれいなビジネスホテルだった。

「こんな所で事件が？」

ロビーへ入ると、亜由美は中を見回した。「フロントはどこかしら」

「その奥です」

と、殿永は、小さなドアを指した。「しかし、人は出て来ません。人件費を安く上げるために、フロントに人を置かないんです」

「へえ。――じゃ、誰が入ったって分りませんね」

「チェック・インのときに、カードを渡すんです。それでドアの鍵も開くし、食事代の支払もできる」

「便利なものなんですね」

「しかし、今度のように、何か事件がありますとね、目撃者を捜すのは骨ですよ」

「このホテルで事件が？」

「そうなんです。行ってみましょう」

エレベーターで七階へ。ホテルそのものは二十階もある。しかも、ビジネスホテルだから一部屋は狭く作って、部屋数を多く、料金を抑えてあるのだ。

「――凄い数の部屋ですね」

と、亜由美は、七階の廊下を歩きながら言った。

「こういうホテルですから、誰が何時に出入りしても、チェックする人間はいません。なじみ客というのも少ないし。――厄介な事件ですよ」

殿永はそう言ったが、言い方は淡々としているので、内心は大して困っているようにも見えなかった。そこが殿永らしいところなのである。

「――ここです」

殿永は〈七〇三一〉というドアの前で足を止めた。ポケットから取りだしたのは、クレジットカードみたいな、プラスチックの白いカードで、それを、ドアのノブの下の隙間へ差し込むと、カチリと音がして、ドアがスッと開いて来た。

――部屋そのものは、ほとんどむだなスペースのない、寝るだけ、という広さだった。しかし、小ぎれいで、感じは悪くない。

「ここで事件が？」

と、亜由美が言った。

「浴室です。――シャワーを浴びていて、殺されたらしい」

殿永は、きちんとメークされたままのベッドに腰をおろした。「永田照美、三十二歳。主婦。――ごく当り前の主婦です」

「犯人は？」

「今のところ、まだ目星はついていません」

「ご主人は――」

「夫はサラリーマンで、この日はお得意先の接待だったのです。ただ、二次会、三次会、と続いたので、何時まで飲んでいたのやら、はっきりしないところがありましてね。今、当らせているところです」

亜由美は、部屋の中を見回しながら、

「その奥さん――ここで何してたのかしら？」

「男と会っていたんだろう、と……。我々はにらんでるんですがね」

「浮気、ですか」

「アルバイトかもしれません」

「でも――そこから、なぜ久恵の名前が出て来たんですか？」

「メモがあったんですよ」

「メモ？　どこに？」

「そのものがあったわけではないんです。そこの電話のわきに、メモ用紙があるでしょう」

「ええ、これ……」

「そこに、ボールペンで書いた字の跡がついていましてね。〈佐伯久恵〉と読み取れたんです。大学の名前も書いてあった」

「それで久恵の所へ――」

「行ってみると、自殺したと聞かされて、びっくりしたわけです」

「どういう関係があったんでしょうね」

「まだ、これからですよ。それに――そのメモを使ったのが、必ずしも、永田照美か犯人とも限りません。その前の客だったかもしれない」

「あ、そうか」

「あなたが親友だったと聞いたので、何か分るかなと思って、会いに行ったんですよ」

「そうしたら留置場だった、ってわけですね」

と、亜由美は微笑んだ。「――殺されたのはいつなんですか?」

「おとといの夜です。つまり、佐伯久恵さんが自殺したすぐ後ぐらい、ということになる」

「ここの浴室で――殺されてたんですね」

「絞殺でした。脱ぎ捨ててあったパンティストッキングでやったようです」

「じゃ、犯人は男……」

「おそらくね」

「――開けていいですか?」

バスルームのドアの前で、亜由美は訊いた。

「ええ。もちろん、死体はありませんが」

「分ってますわ」

亜由美はドアを開けた。

――確かに、死体はなかった。

その代り、男が――生きた男が、立っていたのである。それも丸裸だった。

「あら、失礼」

と、つい亜由美は言ったが……。

洋服を抱えた男が、亜由美を突き飛ばしてバスルームから飛び出す。そしてドアの方へと駆け出したが、さすがに殿永は、どんな意外な事態にも反応が早い。

男が行きつく前に、ドアの前に立ちはだかっていた。男は、あわてて向きを変えて――といっても、他に出口はないのだから、またバスルームの方へ戻って来た。

一旦、不意を食らってよろけた亜由美だが、もうこのときには完全に立ち直っていた。

男が裸のまま、洋服を両手で抱きかかえて駆けて来たところへ、

「エイッ！」

かけ声もろとも、足を振り上げ……。もろに男の股間をけり上げたのだった。

男は、呻き声を上げて、その場に引っくり返ってしまった……。

2　写真の顔

「亜由美！」

と、声をかけて、神田聡子がやって来る。

大学の食堂で、テーブルについてサンドイッチをパクついていた亜由美は、わざと気が付かないふりをした。

「亜由美ったら！」

聡子は、隣の椅子を引いて座った。「ねえ、昨日はどうしたの？　お家に帰してもらえたんでしょ？」

「あら、どなただったかしら」

と、亜由美はわざとらしく言った。「私の友人には、人を留置場へ放り込んで平気で帰っちゃうような薄情者はおりませんの」

「亜由美ったら……」

聡子は口を尖《とが》らして、「仕方なかったんじゃないの。あなたは暴れてるし、相手の男はギャーギャー喚いてるし、私、怖くって」

だが、聡子も、多少は後ろめたい思いではいるようで、

「ねえ……。昨日は留置場から出してくれたんでしょ?」

「聡子なんかには分らないわよ」

亜由美はじっとテーブルの上に視線を落として、「——私がどんな目に遭ったか」

「どんな目に、って……」

「凶悪犯みたいに、刑事に責め立てられて、一睡もさせてもらえなかったわ。堪えられなくて眠りかけると、頰っぺたを殴られ——」

「まさか!」

「次には頭から水をかけられて、罪を認めるまで、殴られ、蹴られ……。拷問にとうとう堪えかねて、有罪を認めてしまったわ……」

「亜由美……」

聡子は青くなっている。「そんなこと——私——」

「いいのよ。これで私の人生も、堕落の一途を辿《たど》るんだわ」

亜由美は、深々とため息をついて、「色々、お世話になったけど、もう二度と会えないでしょうね……」

「亜由美……」

聡子の方は、生きた心地もない、という顔をしている。——我慢できなくなって、亜由美は吹き出してしまった。

「本気にした？　おめでたいんだから！」

「――もう！　人を馬鹿にして！」

聡子が真赤になって怒っていると、

「亜由美、ここにいたの」

と、友だちの一人が、声をかけて来た。「亜由美のこと、捜してる人がいたわよ」

「へえ。誰だろ」

「男の人」

男？――殿永さんかしら、と亜由美は思った。

「何だか、昨日、亜由美にけっとばされたんだって」

亜由美は目を丸くした。聡子が呆《あき》れ顔で、

「何よ、殴られ、蹴られ、とか言っちゃって。自分がけっとばしてんじゃないの」

「ね、どこにいるの、その男？」

「食堂の表で待ってる。たぶんここにいるんでしょ、って言っといたから」

「サンキュー」

亜由美は、残りのサンドイッチをぐっと口の中へ押しこむと、コーラで流し込み、立ち上った。

「何なの、一体？」

と、聡子が訊く。

「気にしないで」

歩き出して、亜由美は、ふと振り向くと、「また留置場へ入ることになったら、差し入れに来てね」

と言った。

――食堂を出て、亜由美は周囲を見回した。それらしい男は見えない。

昨日の仕返しに、襲いかかってくるかもしれない、と思った。――来るなら来てみろ。

今度はあばらの一本や二本、へし折ってやるからね！

どうも、このところ暴力的な傾向を強めているのである。

「どうも、昨日は――」

と、目の前の男が言った。

「え？」

亜由美はキョトンとして、どう見てもセールスマン風の、背広姿の男を眺めた。

「どなた？」

メガネをかけて、どことなく間の抜けた顔の男である。

「あ、これを外した方が」

と、男はメガネを取った。

「あ……」

確かに。昨日、亜由美が股をけり上げた男である。

「分りましたか」

「何の用？」

「とんでもない！」

亜由美は、腕組みをして、「私を訴えるつもり？」

男は目を丸くして、「ただお詫びにと思ったんですよ。昨日は――ちょっと口をきける状態じゃなかったので」

こうして見ると、どことといって変哲のないサラリーマン風である。年齢はせいぜい二十四、五というところか。

「分ったわ。――あの後はどうしたの？」

「いや、実は……。そのことでお話があるんです」

と、その男は言った。「ちょっと時間をいただけますか」

亜由美は、ちょっとためらったが、まあ昼間である。別に、そう危害を加えそうな感じでもないし……。

「いいわ。じゃ、どこか、話のできる所へ行きましょ」

「おいしいソバ屋はありませんか」

と男は言った。「昼飯がまだなんで、腹ペコなんです」

「校門を出た所にあるわ」

亜由美は、男を促して歩き出した。「よく私のことが分ったわね」

「塚川亜由美さん、でしたね。殿永さんに教えていただいたんです」

「殿永さんがあなたに？」

「ええ。同業のよしみで」

「へえ」

と言って——それから亜由美は目を見張った。「同、同業？　それじゃ——」

「僕は茂木《もぎ》といいます。K署所属の刑事で——独身です」

と、なぜか、その男は付け加えた。

「刑事さんが、あんなことして！」

亜由美がそうくり返すと、ソバをすすっていた茂木刑事はあわてて店の中を見回した。

「そ、そんな大きな声を出さないで下さいよ。身分を知られちゃまずいこともあるんだから」

「私はちっとも構わないわ」

と、亜由美は言った。

もう大学の学食で昼は済ませていたが、喫茶店じゃないのだから、お茶だけ、というわけにもいかない。仕方なく、ザルソバを頼んで、結構ペロリと平らげていた。

「後で殿永さんは大笑いしてました」

と、ソバを食べ終えた茂木は、ホッとした様子でお茶をすすりながら言った。

「あんな所で何をしてたの？」

と、亜由美は訊いた。

「ホテルのマネージャーがいけないんです。あの部屋しか空いてなかったらしいので、まだ客を入れちゃいけないと言われてたのに、入れちゃったんですよ」

「じゃ――つまり、あなたは『お客』だったわけ？」

「ま、そうです」

「どうして裸になってたの？」

「お風呂へ入ろうと思ったんですよ。ちょうど服を脱ぎ終ったら、ドアの所で話し声がして、鍵が開いたので、びっくりして服を抱えて、浴室へ飛び込《こ》んだんです」

「服を着りゃ良かったでしょう」

「物音を立てちゃ気付かれると思って。じっとしてたんですよ。それに話が聞こえて……。あそこが殺人現場だと分ったら、気味が悪くなって、ガタガタ震えてたんです」

「情ない刑事さんね」

「そしたら、急にパッとドアが開いて、あなたが目の前に――。もう夢中で逃げ出しちまったんです。ただびっくりしちゃって」

「こっちの方がびっくりしたわよ」

亜由美はそう言ってから、笑い出してしまった。思い出すと笑わざるを得ないのである。

「いや、しかし、あれはきいたな。――空手か何かやってるんですか?」

「まさか。ブルース・リーの映画の真似しただけよ」

と、亜由美は澄まして言った。「でも、あのホテルに何の用だったの? ただ泊りに行ったわけ?」

「それは――まあ――色々とプライベートな問題ですからね。この際、気にしないようにしましょう」

と、茂木は咳払《せきばら》いした。

「じゃ、彼女と待ち合せてたの?」

「ええ、まあ――そんなとこです」

「で、彼女は？」

「遅れて来て、まだ殿永さんがいたんで、事情を説明したら、呆れて帰っちまいました」

「あら、それじゃ気の毒したわね」

「いいんです。振られるのは慣れてます」

茂木は、少々強がってみせるように、タバコをくわえて、火を――点けようとしたが、百円ライターはすでにガス欠で一向に点火しない。

何となく、さまにならない男である。

「――ところでねえ、刑事さん」

ライターの火が点くのを待っていた亜由美は、待ちくたびれて言った。「私に何の話があるの？　恋人に逃げられた責任を取れとでも言うつもり？　残念ながら、あなた、私の好みじゃないのよね」

「――誰がそんなことを！」

茂木がムッとしたように、「言わせていただきますが、あなただって、僕の好みではありません」

「あ、そう」

亜由美はフン、と鼻を鳴らして、「お互いに好都合ね」

「全くです。——いや、今日は真面目に仕事の話で来たんですよ」

「じゃ早くしゃべったら？　私、授業があるのよ」

「分りました」

茂木は、手帳を取り出すと、「僕は今、ある恐喝事件の調査に当っています」

「あ、そう」

「そもそもこの事件というのは——」

「ねえ、刑事さん」

「何です？」

茂木はプーッとふくれっつらになって、「まだ何か気に食わないことでも？」

「ここはおソバ屋さんよ。ゆっくり話をするには、向いてないと思うけど」

と、亜由美は言った。

——かくて、お互いに「好みでない」二人は、空いていて、金がかからず、いくら粘っても文句を言われない、ということで、結局がら空きになった大学の学生食堂へと舞い戻ったのだった……。

玄関の方で物音がしたのは、矢原晃子《やはらあきこ》が、ちょうどいつも見ているＴＶの帯ドラマも終って、そろそろ買物にでも行こうかしら、と考えていたときだった。

矢原晃子は四十歳である。夫は中堅企業の課長。子供は十三歳の中学生の男の子と十歳の女の子。

特別裕福でもないが、まあ明日の食事に困ることもない。平均的なサラリーマン家族である。

「はい」

誰か来たのかと思って、晃子は立ち上る前に声をかけた。しかし、音がしたといっても、チャイムが鳴ったわけではない。

何かしら。——晃子は、立ち上って、のんびりと玄関へ出て行った。

もちろん、まだ昼過ぎだから、夫も、二人の子供も帰って来るわけがない。

玄関のドアの新聞受に、何か白いものが見えた。——広告を入れてったんだわ、と晃子は思った。

この団地に越して来て、もう五年たつ。見渡す限り、団地ばっかりという風景にも、すっかり慣れて、晃子は割合この団地住いが気に入っている。

隣近所、そう口やかましい変人もいないし、子供たちも、遊び場がいくらもあるので——もっとも、もう矢原家の二人の子供は、駆け回って遊ぶ年齢ではないが——少々都心へ出るのに時間がかかっても、不平は言わなかった。

小さな不満は、晃子にももちろんあって、その一つが、訪問販売、セールスの多いことである。

一戸一戸、別の家を訪問するのと違って、ここでは、廊下一つにズラリとドアが並んでいる。セールスする方は楽に違いない。

晃子のように気の弱い主婦は、口達者で強引なセールスマンを相手にすると、なかなか「帰って下さい」の一言が言えなくて苦労するのである。

玄関へ下りた晃子は、覗《のぞ》き穴から廊下を見て、誰もいないのを確かめると、ホッとした。パンフレットか何かを入れて行ったんだわ。

それなら、中を見て、捨ててしまえばいいのだから、いくら気の弱い晃子だって、苦労はない。

新聞受の蓋を開けると、白い封筒が、下に落ちた。拾い上げてみると、宛名も何も書いてない。

封がしてあるのは珍しかった。ただの広告なら、いちいちのりづけなどしないのが普通である。

TVの前に戻って、晃子は封を破った。逆さにすると、テーブルに落ちたのは、一枚の写真である。

それを手に取って見ていた晃子は、ポカンとして、しばし言葉もなかった。

何だろう、これは?――主人だわ。それは間違いないけど、腕を組んでる女の子は？　見たこともない若い娘――矢原の方へ体をすり寄せるようにして、頭をもたせかけているので、判然とはしないが、せいぜい二十代初めくらい、なかなか可愛い顔立ちの娘らしい、ということは分った。

でも……一体これはどういう意味なのだろう？

矢原は会社の帰りか、いつものコートを着ている。背景は暗くてよく分らないが、ネオンらしいものが、いくつかぼんやりと見えていた。

電話が鳴り出して、晃子は、ハッと我に返った。あわてて駆けて行く。

――向うは、少し間をあけて、口をきいた。

「奥さんですか」

女の声だ。

「ええ。――どなた？」

「写真、ごらんになりましたわね」

晃子は、まだ左手に持ったままの写真に、目を落とした。

「これ……あなたが？」

「ご主人と一緒にいる女、ご存知ですか」

女は、無表情な声で続けた。

「いいえ。でも――」

「もう二年越しの関係なんですよ。オフィスラブで」

晃子は、青ざめた。やっと、事情が呑《の》み込めたのだ。

「こんなものを、どうして――」

「まだいくらも写真はありますよ」

と、女は遮った。「ショックの少ないものをお見せしたんです。ご主人と彼女が、裸で絡み合ってる写真もあります。ごらんになります?」

「馬鹿言わないで！」

晃子は声を震わせた。

「三十万円で、ネガと写真をお売りします」

「――何ですって?」

「三十万円ですよ。大してお高くありませんわ」

「とんでもないことだわ。いい加減なことを言って――」

「お断りになるんですか?　それじゃ写真をご主人の会社へ送りますよ」

「会社へ?」

「上司の方宛にね。今は、オフィスラブにはうるさいんです。ご主人の立場には響くでしょうね」

晃子は、何か言おうとしたが、言葉が出て来なかった。

「それから――」

と、女は言った。「同じ写真を、お子さんの通っている中学校、小学校へばらまきます」

「何ですって？」

「下校の途中の生徒にあげれば、面白がるでしょうね。お子さんたちはクラスの笑いものになるわ」

「何てことを！　あなたは誰なの？」

「ヒステリーを起こさないで下さいな」

女の声は、あくまで冷ややかだった。「もし、あなたが写真を買い取らなかった場合のことです。そのときになって後悔しても遅いですよ。三十万円ぐらい、貯金をおろしたって、ご主人には知れやしません。どうします？」

晃子は、その場に座り込んでしまった。返事をしようにも、呆然《ぼうぜん》として、言葉が出て来ないのだ。

「――いかがです？」

女が、少し間を置いて言った。「――ご返事がありませんね。お断りになるということですか？」

晃子は、口を開いた。しかし、何を言っていいのか分らない。

「――では結構です」

女が事務的な口調で、「言った通りにさせていただきますわ」

電話が切れる、と思うと、晃子は、我知らず、叫ぶように言っていた。

「待って！　待ってちょうだい！」


「――いやねえ」

と、神田聡子が首を振った。

大学の学生食堂。――亜由美と茂木刑事の話に、亜由美を待っていた聡子も加わっていたのである。

「汚いわ、恐喝なんて」

と、亜由美は顔をしかめた。「人間、誰だって、他人に知られたくない生活を持ってるもんよ。――まあ、浮気ってのはよくないにしても」

「それで、その奥さん、お金を払ったんですか？」

と、聡子が訊く。

「三十万円ね」

と、茂木が肯く。

「それで……」

「確かに、封筒に入っていた写真と、そのネガは矢原晃子が受け取ったんです。しかし、それ以外の写真は、訴えられないための保証だと言って、渡してくれなかった」

「インチキねえ」

「いや、そもそもがインチキだったんですよ」

「え？」

「その写真に写っていた娘は、夫の同僚でもなんでもなかったんです」

「じゃあ……」

「はったりですよ。はったり。――亭主の話では、会社の同僚と飲んだ帰り、急に若い女が寄って来て、腕を取り、『ちょっと遊ばない？』と言ったんだそうです。彼は、とんでもない、そんな金はないよ、と笑って断った」

「じゃ、そのときに誰かが写真を――」

「その女とぐるだったんですね。その写真を脅迫に使ったんです」

「だけど」

と、聡子が言った。「そんなの、ご主人に訊きゃ、すぐ分るじゃない」

「利口な犯人だわ」

と、亜由美は言った。「その夫、当人をゆするんじゃなくて、奥さんをゆすった、というのは利口ね。しかも、子供のことまで持ち出して」

「そうなんですよ。三十万という金額もね、一日で用意できる額でしょう。その電話の女は、その日の内に払えと要求しているんです」

「でたらめかもしれないと思っても、万一、本当だったら、と誰だって考えるわ」

「じゃ、お金を払った後で、でたらめだと分ったわけ？」

と、聡子が言った。

「いや……。矢原晃子は、夫に黙っていたんですよ」

「黙って？」

「怖かったのね。本当だと分るのが」

と、亜由美が肯く。

「哀しいことに、彼女はすっかり思い詰めてしまったんです。夫が浮気を続けてると信じ込んで、何から何まで疑い出して。――夫の方は、どうして妻が思い悩んでるのか見当もつかない」

「それで？」

「彼女――矢原晃子は、発作的に、ベランダから飛び降りてしまったんです」

亜由美は息を呑んだ。まさか、そんな風に話が進むとは思わなかったのである。

「死んだの？」

と、亜由美は訊いた。

「一命は取り止めました」

亜由美はホッとした。

「しかし、たぶん一生、歩けるようにはならないだろう、ということです」

「ひどい」

聡子が、ため息をついた。

「それで、やっと夫の方にも事情が分ったんです。矢原晃子が話したんですよ。ところが、何もかもでたらめだった。怒った夫が警察へと訴えたわけです」

「当然ね」

「我々も、早速捜査を始めましたが、何しろ手がかりがない。残された写真とネガだけでは……」

「お金を渡したんでしょ？　そのときに、相手を見なかったのかしら」

「向うの指示は、何時何分に、団地内の公園のどこそこのくずかごにお金の入った封筒を入れておけ、というもので、晃子もその通りにしたんです」

「写真とネガは？」

「お金をくずかごへ入れて、しばらくして家に戻ると、玄関に入っていたそうです」

「――早いのね」

「その通り」

と、茂木は肯いた。「犯人は団地内の人間とも考えられます」

「じゃ、何もつかめていないの？」

「今のところ、手がかりはこの写真だけでしてね」

茂木は内ポケットから、写真を取り出して、テーブルに置いた。

少しピントの甘い、男と若い女の写真。男の方は、ごくありふれた中年サラリーマン。女の方は……。

頭を、男の肩へもたせかけているので、カメラは女の顔を斜め上から見る格好になっている。顔立ちは判然としない。

しかし——亜由美は、ちょっと妙な気がした。一瞬、どこかで見知っている顔、という印象を受けたのである。誰なのかは分らないのだが。

「——それで、刑事さん」

と、亜由美は写真から目を上げて、「私にどうしてそんな話をなさるの？」

「実はですね——」

茂木は咳払いをした。「昨日、あなたにけとばされてから——」

「そんなこと、どうでもいいでしょ！」

と、亜由美はにらみつけた。

「話をしたんです。殿永さんと。そしたら、あの部屋で殺されていた永田照美が、この恐喝事件のあったのと同じ団地に住んでいたことが分かったんです」

「まあ、偶然ね」

「偶然でしょうかね？」

「――どういう意味？」

「まだ確証はつかめていないのですが」

と、茂木は身を乗り出して言った。「どうやら、この団地で、恐喝されていたのは、矢原晃子一人ではなかったらしいんです」

「やっぱり！　変だと思ったわ」

と、聡子が肯く。「三十万円なんて、少し安過ぎるわよ」

「数で稼いでたっていうわけね。誰か通報した人でも？」

「匿名でね。――矢原晃子の一件が、団地に知れ渡ったころ、誰やら、主婦らしい女性から、電話があったんです。やはり同じように恐喝されて、三十万円払った、というので」

「じゃ、その人は――」

「詳しいことを聞きたかったんですが、どうしても名前を言ってくれないんです。ご主人にも言っていない、ということでね」

心理的に、口にしたくない、というのは亜由美にも分る。金を払った、ということは、つまり夫を信じていなかったと白状するようなものだからだ。

「ただ、その女性の話では、似たような被害にあった人を、二、三人知っている、というんです。そうなると、他にももっといるのかもしれない」

「きっとそうでしょうね」

「しかし、元々が口うるさい所ですから、何か知っていても、しゃべらないという人が多いんです。それで、こっちも行き詰っていたんですよ」

「すると、永田照美が殺されたのも、何か関係がある、と？」

「そう思ったんです。時期が時期だし、メモには女子大生の名前があった。——殿永さんに頼んで、自殺したという佐伯久恵の写真を見せてもらいました」

「久恵の……」

「どうです？」

茂木は、矢原と若い女が写っている写真を亜由美に示して、「——この女、佐伯久恵に似ていませんか？」

亜由美は黙って、その写真を見つめていた。

「もし、この佐伯久恵が、恐喝犯だとしたら——いや、共犯で、写真を撮るためにこういうポーズを取って、いくらか分け前を取っていたとしたら？　自殺したというのも、もしかしたら、分け前をめぐる争いで、殺されたのかもしれない。それとも、本人もいや気がさして、抜けようとしてやめられず、悩んだ挙句に自殺……したの……かも……しれま……」

亜由美の顔が段々真赤になって、目をむき、今にもかみつきそうな表情に変るのを見て、茂木は、少しずつ椅子から腰を浮かした。

「これは——一応の仮説ですからして……」

「やかましい！」

亜由美が、凄い声で怒鳴った。「久恵がそんな悪い奴の仲間だったたって？　もう一度言ってみろ！　今度はけっとばすぐらいじゃ済まないからね！」

「お、落ちついて——」

茂木が、立ち上って、じりじりと後ずさった。亜由美は椅子をけって立ち上ると、テーブルの上に飛び上った。

「亜由美！」

聡子があわてて、亜由美のスカートの裾をつかむ。

「出てけ！　今度、私の前に顔を出したら、ヒョットコのお面と首をすげかえてやるからね！」

今にも飛びかからんばかりに、亜由美が身構えると、茂木は、

「失礼しました！」

と、一声、猛然と学生食堂から飛び出して行った。

「亜由美ったら……」

聡子が体中で息をついて、「また留置場へ入りたいの?」

「留置場が何よ!」

興奮さめやらぬ亜由美が、テーブルの上に両足を踏んばって立つと、「あんなヘナチョコ刑事なんか、逮捕に来たらカレーに煮込んでやるわ!」

と宣言したのだった。

——学生食堂は、空いているとはいえ、何人かの客も入っていて、亜由美が「男子暴行罪」で逮捕された、という噂《うわさ》が大学内に広まるのに、二日とはかからなかったのである……。

3　疲れた若妻

その老人は、亜由美の方へ向って歩いて来た。

亜由美は、家の近くのベンチに腰をおろして、芝生で寝そべったり転がったりしているドン・ファンを、眺めるともなく眺めていた。

「亜由美君」

声をかけられて、初めて亜由美はその老人の顔を見上げた。このところ、ぼんやりと物思いに沈むことの多い亜由美だが、それにしても、見上げる顔には見憶えがない。

「はい……」

誰だったろう？——老人といっても、よく見るとそう老けてもいない。ただ、生気に欠けた様子と、白味がかった髪のせいで、ひどく老けて見えるのだ。

「お宅へうかがったら、たぶんここだとお母さんに言われてね。——久恵の葬式のときには、色々とありがとう」

亜由美は、思わず声を上げるところだった。

——久恵のお父さん！

でも——でも、この変りようは……。

まだ、やっとひと月しかたたないのに、髪はすっかり白くなって……。葬式のときには、まだ白髪の一本も気付かなかったのだが。

「あ――いえ、とんでもない」

亜由美は、やっとの思いで口を開いた。

「ずいぶん老け込んだろう？」

と、佐伯は、ちょっと寂しげに微笑した。「座ってもいいかね」

「どうぞ」

亜由美は、少しずれて、場所を空けた。

「君のお母さんが私を見て何と言ったと思う？」

「母が、ですか？」

あまり考えたくない、と思った。

「そんなに老け込んじゃったら、久恵さんが幽霊になって帰って来ても、お父さんと分りませんよ、とね」

亜由美は、佐伯から目をそらした。

「すみません。うちの母、無神経なんで」

「いや、そうじゃないよ」

と、佐伯は首を振った。「お母さん流の励まし方なんだ。――しっかりしなきゃいけない、と思ったよ」

亜由美は、足下に寄ってきたドン・ファンの頭を撫《な》でてやった。クゥーン、と甘ったれた声を出して、亜由美の足を突っつく。

「――久恵が死んで一か月になるのに、まだ何一つ分っていない」

と、佐伯は言った。「まあ……久恵は自殺したわけだから、警察としても捜査するには及ばないわけなんだろうが。しかし、私は久恵が殺されたのも同然だと思っている」

「私もそう思います」

と、亜由美は言った。「久恵と結婚の約束をしておきながら、捨てた男がいるんです」

「その相手を、何としても知りたい。――亜由美君。君に頼めないだろうか」

「私……ですか」

「警察は、例の、ホテルで殺された女と、久恵の死に何か関連があると思っているようだ」

「あの事件は、何か手がかりでも出たんでしょうか」

「だめらしいよ。夫のアリバイは完璧で、殺された女性にも、恋人がいたかどうかつかめない」

「何やってんのかしら、全く！」

亜由美は、ため息をついた。

「それだけじゃない」

と、佐伯は首を振って、「警察は、久恵があの女性を、三角関係のもつれで殺したのかもしれないと考えているらしい」

亜由美は目を見張った。

「まさか！　だって――あの殺人事件の方が後でしょう？」

「いや、死亡推定時刻というのは、相当に幅があるらしい。無理にこじつければ、不可能ではないらしいんだ」

「馬鹿げてるわ！――あ、ごめんなさい。でも、それじゃあんまり久恵さんが可哀そう」

「全くだ。――警察は久恵のことを知らないから無理もないが、あの子は人を殺すくらいなら、自分が死ぬ。たとえどんなに追い詰められたにせよ、人を手にかける子じゃない」

「もちろんですわ。――狡《ずる》いわ、本当に。久恵には反論できないんだから」

「このままでは、あの子も浮かばれない。――君は確か、警察の人を知っていたね」

「ええ……。いくらか」

「何か訊き出してみてくれないだろうか。もちろん、君を危い目に遭わせたりしては、それこそ久恵が化けて出る」

亜由美は、膝に上って来たドン・ファンを抱いて撫でてやりながら、

「分りました」

と、しっかりした声で答えた。

「何か分ったら、教えてくれたまえ。——もし、相手の男が誰だったか分ったら……」

亜由美は佐伯を見た。

「——まず私に教えてくれないか」

亜由美は、少しためらってから、

「ええ。約束します」

と言った。

「無茶ですよ」

殿永は、呆れたように言った。「全く、独創的なことを考える人だ」

「無茶ですか」

と、亜由美は言った。

「当り前です。あなたは刑事でも何でもない」

「じゃ、久恵の相手の男を教えて下さい」

「それはまだ分りません」

「永田照美を殺した犯人は？」

「それも今のところまだ……」

「じゃ、団地の恐喝犯は？」

「それもまだ……」

殿永は、椅子にもたれて、「――私の胃を痛くさせるために来たんですか？」

と言った。

「他に手があります？　もし、久恵の自殺、永田照美殺し、恐喝事件の三つがつながってるとしたら、鍵は、あの団地にあります」

「それは分りますよ」

「刑事さんが、いくら団地の中で聞き込みに歩いたって、話してくれるのは、表面的な情報だけですよ」

殿永は苦い顔で、

「痛いところを突きますね」

「男ではだめです。女で、しかも、その場の生活に溶け込んだ人間でないと、隠れた噂は耳に入りません」

亜由美は、きっぱりと言い切った。

「あなたの言葉は説得力がありますね」

殿永は、ため息をついた。「しかし、これは危険な仕事ですよ」

「分ってます。一人でやるわけじゃありませんわ」

「それはそうだな」

「当然でしょ？　あんな団地に一人で住みつくなんて、おかしなものだし、それに単身での入居は認められないはずです」

「すると……」

「当然、夫婦で入ることになりますわ」

「誰か、お相手がいるんですか？」

「失礼ね。私がそんなにもてないと思ってらしたの？」

「いや、そういうわけじゃありませんがね」

「もちろん、指を一つ鳴らすか、口笛でもピーッと吹けば、男の五人や六人、飛んで来ますわ」

と、亜由美は少々オーバーに言って、「でも、これはあくまで『捜査』なんですから、恋人を選ぶつもりはありません」

「いい人がいますわ」

亜由美は微笑んだ。「ここへ呼んで下さいません？」

「すると……」

「ぼ、僕がこの人と夫婦に？」

と、茂木刑事は目を丸くした。「いくら業務命令といっても、それは——」

「形だけだ、当然だろう」

と、殿永は言った。

「しかし——そんなことをして、本当に恐喝犯が出て来るとは限りません」

「そりゃ分ってるわよ」

と、亜由美は言った。「あなたが早く犯人を見付けないからいけないんじゃないの」

茂木はぐっと詰った。

「と、言われても……。僕にだって、選ぶ権利はあります！」

「何よ、それはどういう意味？」

亜由美が椅子から腰を浮かすと、茂木はあわてて逃げ腰になった。

「いつまでも、ってわけじゃない」

殿永が苦笑して、「しばらく様子を見るんだ。うまく恐喝犯が出て来れば、しめたもんだ」

「大きな団地ですよ。そんなことやっても、あんまり意味が――」

「私の計画にケチつける気？」

と、亜由美がひとにらみすると、茂木は口をつぐんでしまった。

「――もちろん、入居するのは、矢原晃子のいた棟《とう》の近くだ。今調べさせたが、二戸ほど空きがある」

「勝手に入っちゃ、職権濫用になりませんか？」

「捜査の一つだ。ずっと住むわけじゃない」

「はあ」

「それに、この時期は、転勤とかも少ないから、引越して来れば目立つだろう。犯人の方も、矢原晃子がしゃべってしまって、団地内では仕事がやりにくくなっているに違いない」

「そうなれば、事情の分らない新顔に目をつけることだって、充分に考えられるわけですものね」

「それはあり得ますね」

殿永は肯いた。「しかし、用心して下さい。もし、永田照美殺しが、この恐喝に関連しているとしたら、あなたの身に危険が及ぶことも充分に考えられる」

「大丈夫ですわ。ちゃんと番犬を連れて行きますもの」

亜由美の言葉に、茂木が顔をこわばらせた。

「僕のことを番犬だと言うんですか！　それならあなたはお座敷犬だ！」

「何を怒ってるの？　私、飼ってるダックスフントのことを言ってるのよ」

「そ、そうですか……」

茂木が真赤になった。

「——この男で大丈夫ですか？」

殿永が不安げに言った。

「ええ、この人だって一応刑事なんでしょ？」

「いいか、充分に注意しろよ」

と、殿永は茂木に向って、怖い顔で言った。

「はあ」

「この女性にけがでもさしたら、君も私もクビは間違いない」

「クビ——ですか？」

茂木が青くなる。「僕はまだ結婚もしていないんですが」

「それからもう一つ」

と、殿永は付け加えた。「夫婦といったって、それはあくまでそう見せかけるためだぞ」

「はあ……」

「もし、この人に手を出したりしたら、射殺するから、そう思え」

茂木が今度は白くなった。——亜由美は吹き出しそうになるのを、何とかこらえていた。


「へえ！」

亜由美は声を上げた。「結構素敵な所じゃないの！」

もちろん、亜由美は団地などに住んだことはない。——きっと、やたら狭苦しくて、息の詰りそうな所だろうと思っていたのだ。

しかし、小型トラックの助手席に座って、左右に広がる風景を眺めていると、何だかどこかの遊園地にでも来たような気がして来る。

ともかく、やたらにカラフルなのである。

建物の色も様々で、中心は、モザイク風に壁面にクマやタヌキの絵が描いてあったりする。ちょっとした遊び場はいくらもあって、小さな子供たちが駆け回り、母親たちはベンチに腰をおろして、おしゃべりに余念がない。

「なかなかモダンね」

「割合に新しい団地ですからね」

と、ハンドルを握る茂木が言った。

「茂木さん。口のきき方に気を付けて」

と、亜由美がにらんで、「夫がそんな丁寧な口をきく？」

「すみません」

「ほら！――ま、いいわ。向うに着いたらね」

トラックは、一通りの家財道具をのせて、団地の奥へと入って行く。

「――みんな振り返って見てるわ」

「珍しいんでしょう。三月ごろだといくらもあるんだろうけど」

「どう？　私、生活に疲れた若妻に見える？」

「ぴったりですよ」

「あ、そう」

複雑な気分である。

もちろん、このことは、母の清美には言ってあるのだが、何しろ変った母親である。

亜由美と一緒になって、喜んで、あれこれと手伝ってくれた。

髪はろくに手入れしていないバサバサのまま、少し目の下にくまを入れて、

「もう少しやせるといいのにね。二、三日絶食したら？」

とまで、忠告してくれたのである。

おかげで、出発に際しては、唯一、事情を説明した友人の聡子からは、

「どう見たって二十五、六！」

という、あまり嬉《うれ》しくない太鼓判を押されて来たのだった。

「あなたの顔を知ってる人、いないでしょうね。刑事だなんて分ったら、オジャンよ」

「大丈夫。僕は直接の担当じゃなくて、途中から話を聞かされただけですからね」

茂木の方も、今日は引越しだというので、ジーパンスタイル。こうして見ると、なかなか若々しい。却って、亜由美の方が老けて見えるくらいだ。

「――その犬のことで、もめなきゃいいけどな」

茂木は、亜由美の膝でドテッと寝そべっているドン・ファンを見て言った。

「犬猫を飼うのは禁じられてるんでしょ？　分ってるわ。でも、それで却って目立てば好都合よ」

「そんなもんですか」

茂木の方は、まだ気乗りがしない、という様子なのである。「――あれ？　変だな」

「どうしたの？」

「行き過ぎたらしい。確かこの辺だと思ったんだけど……」

と、亜由美は言ったが、「ちょっと、トラック停めて！」

「いやねえ、頼りない」

「え？」

「いいから！」

トラックが、道の端に寄って停る。亜由美は、ドン・ファンを膝からおろすと、トラックから外に出た。

買物帰りらしい主婦が三人、連れ立ってやって来る。

「すみません」

と、亜由美は声をかけた。「ちょっと——引越して来て、場所が分らなくなっちゃったんですけど」

「あら、どこなの？」

と、一人太ったおばさん風の主婦が真先に返事をした。

「ここなんですけど……」

亜由美がメモを出して見せると、三人で一斉に覗き込んで、

「ああ、ここなら、少し手前の角を入るのよ」

「そっちをぐるっと回った方が近くない？」

「いいえ、やっぱり戻った方がいいわよ」

「それより一旦広い道へ出た方が――」

　三人でしばしやり合ってから、結局、やはりUターンして戻った方がいい、という結論に達した。

「ありがとうございました」

　亜由美が礼を言って、トラックの方へ戻って行くと、背後で、

「いくつぐらいだと思う？」

「結構若いんじゃない？」

「もう二十五にはなってるわよ」

　などとやっている。

　亜由美は、ちょっと舌を出した……。

　少し戻って、すぐに目的の棟の前に着いた。

「――ここだわ」

　亜由美は、外へ出て、建物を見上げた。八階建で、亜由美たちの部屋は四階である。

「さて、荷物を下ろしますか」

　と、茂木が言って、亜由美ににらまれ、「下ろそうか。ねえ？」

「そうね、あなた」

　少々取ってつけたように、亜由美は言った。「部屋の鍵をあけて来るわ」

エレベーターで四階へ上る。——四〇二号室は、エレベーターからすぐ近くだった。

玄関の鍵を開けていると、誰かの足音がした。

見れば、五つか六つの女の子の手を引いた男性——たぶん父親だろう。

「お引越しだよ」

と、女の子が言った。

「そうだね」

亜由美は、女の子の笑顔に、微笑みを返した。

「よろしくね」

「——今日、越されて来たんですか？」

と、男が言った。

「ええ、今、下に着いたところで」

「それは大変だ。お手伝いしましょうか」

「いえ、そんな——」

「男の方は？」

「主人が一人で……」

「じゃ、やはり大仕事ですよ。今日は暇なんです。ご近所ですから、お手伝いさせて下さい」

「それじゃ……。お言葉に甘えて」

と、亜由美は言った。「私、神田と申します」

聡子の姓を借りて来たのである。

「よろしく。この二つ先の四〇四にいる、永田といいます」

「は——」

永田！　では、これが、殺された永田照美の夫なのだ。

こりゃ、出だしは好調だわ。亜由美は、できるだけ疲れた若妻の表情を崩さないよう用心しつつ、

「よろしくお願いします」

と、笑顔で挨拶したのだった。

4　出会い

亜由美は寝返りを打った。

眠れない――わけではない。大体が度胸の点では誰にもひけを取らない亜由美である。

たとえ殺人者が迫っていても、グーグー眠っているに違いない。こんなことを知ったら、殿永が、きっと飛んで来て、亜由美を送り返しただろう。

眠ってはいたのである。眠ってはいたのだが、しかし……。

首筋に、チュッと冷たいキス。そして胸をまさぐる手……。

「こらあっ！」

はね起きた亜由美は大声を出した。「命が惜しくないのか！」

パッと明りが点いて、「臨時の夫」たる、茂木刑事が、あわててメガネをかけながら、パジャマ姿で、寝室の入口に立っていた。

「ど、どうかした？」

「あら、あんたじゃなかったの？」

亜由美は目をパチクリさせて、「そうか。――こら、ドン・ファン！　出てらっしやい！」

「クゥーン……」

　もの哀しい声を出しながら、ドン・ファンが、長い胴体をベッドの下から現わした。申し訳なさそうな目で、亜由美を見上げるのが、何ともおかしくて、つい怒れなくなってしまうのである。

「全くもう！　お前と来たら、女の子のベッドに潜り込むことばかり考えて。それでも犬なの？」

「ワン」

「まるでどこかの刑事さんみたいよ」

　それを聞いて、茂木が、

「それは――僕のこと？」

「ゆうべ、私のベッドに入り込んで来たじゃないの」

「あれは寝ぼけてて間違えたと言ったじゃないか！」

と、茂木はむきになって言った。

「怪しいもんだわ」

「前にも言った通り――」

　茂木は姿勢を正して、「君は僕の好みじゃないんだ！」

「あ、そう。好みじゃなくて幸いだわ」

亜由美は欠伸して、「あーあ。目が覚めちゃったじゃないの。今何時？」

「午前……二時だよ」

「もう一眠りしなきゃ」

と言ってから、亜由美は、ふと何か思いついた様子。「そうだ。ねえ、もう私たちここに一週間もいるのよ」

「分ってるよ」

茂木も欠伸をした。「もともと、ここで夫婦のふりをして、情報を集めようって、言い出したのは君の方だ。何もつかめないからって僕に文句を言われても——」

「文句なんか言ってないじゃない」

亜由美は、パジャマ姿で、ベッドから出て来ると、

「一週間もいるんだから、そろそろちょっとやってみてもいいんじゃないかと思ったの」

と言った。

「な、何を？」

茂木が、顔を赤らめた。

「何考えてんの？　夫婦喧嘩《げんか》よ」

「喧嘩？」

「そう。近所の人が飛び起きるような派手なやつ。——いかが？」

「ふむ……」

茂木は、ちょっとメガネを直すと、「面白いね」

「じゃ、お皿と茶碗。——どれでもいいわよ。みんなどうせ安物なんだから」

亜由美は腕まくりをした。「ドン・ファン。けがするといけないから、ベッドの下へ入っといで」

「はいはい」

とは言わなかったが、ドン・ファン、いそいそと、ダックスフント特有の長い体で、再びベッドの下へと消えた。

——数分後、ガチャン、バリン、ドタン、バタン、ドシン——と、派手な音が廊下にまで響きわたった。

「やめて、あなた！」

「何だっていうんだ、こいつ！」

「お願い、もうよして！」

——声だけ聞いていると、妻が夫に暴力を振るわれているという感じだ。

この騒ぎはしばし続き、いくつかのドアが開いて、奥さんたちが顔を出した。不思議と、顔を出すのは女性ばかりである。

「――凄いわねえ」

「あの旦那さん、一見大人しそうだけど……」

「ああいう顔は、サディストが多いのよ」

などと、勝手なことを言い合って、また引っ込んでしまう。

やっと、物音が静まったころ、四〇四のドアが開いた。永田が、パジャマの上に、カーディガンをはおって、サンダルを引っかけ、四〇二のドアの前に来ると、ちょっとためらってから、チャイムを鳴らした。

しばらくしてから、インターホンで、

「はい」

と、亜由美の声。

「あの――永田ですが。実は、娘が、目を覚まして、その――心配しているものですから」

「まあ。すみません」

と、インターホンで、亜由美が答える。「起こしてしまって、本当に……」

「いや、それはいいんですが、あの――大丈夫ですか?」

「ええ。どうぞご心配なく」

「いや、それなら——。どうもすみませんでした。余計なことを」

と、永田が、ためらいがちに言った。

「いいえ。こちらこそ、わざわざどうも」

「では……」

永田が四〇四へと戻って行く。

——四〇二の中では、亜由美はフウッと息をついて、

「ああ、せいせいした！」

と伸びをすると、「ストレス解消に、お皿を叩《たた》き割るってのはいいわね」

派手に砕けた皿や茶碗のかけらを眺めていた茂木は、やがて笑い出した。

「どうしたの？　何かおかしい？」

「いや、君は全くユニークな人だ」

と、まだ笑いながら、「とても僕にはかなわないや」

「今ごろ分ったの？」

と、亜由美は澄まして言った。「——さて、片付けるのを手伝ってよ」

「OK」

茂木も、なんとなくふっ切れたように気楽な感じになって、用心深く、かけらを拾い集めた。

「でも、あの永田って人、凄く優しいわよ」

と、亜由美が言った。

「女房を殺されてるんだ。何かあると思うけどね」

「でも、子供は可愛がってるわ。由里ちゃんっていって、五つなの。結構私になついてるのよ」

「昼間、父親が会社へ行ってるときはどうしてるんだ？」

「保育園よ。永田さんも大変みたいよ」

「ふーん。子供ってのは手間がかかるもんだからな」

「あら、分ったようなこと言って。子供がいるの？」

「ま、まさか！　はたから見てりゃ分るじゃないか」

「どうでもいいけど、そこ、気を付けて。——危い！　かけらが——」

「ワッ！」

目につかなかった茶碗のかけらを、まともに踏んづけたのだ。茂木は、みごとに引っくり返った。

「ほら、言わんこっちゃない！　血が出て来たわよ。——それで押えて」

亜由美は、急いで救急箱を持って来ると、茂木の傷の手当をしてやった。

「いや……すまん」

茂木は青くなっていた。「僕はどうも――けがをすると痛くて」

「当り前でしょ。足をけがして、私が危くなったりしたとき、どうするのよ？　頼りないボディガードなんだから」

亜由美は、消毒用のオキシフルを、茂木の傷口にたっぷりとかけてやった。

「ギャーッ！」

茂木が悲鳴を上げ、その声に、また、何人かの奥さんが、廊下へ出て来たのだった……。


「神田さん」

そう呼ばれて、すぐに自分のことだと分るようになったのは、やっとここ二日間ぐらいのことである。

念のため、と、聡子の姓を借りて来たのだが、結構ぼんやりしていると、すぐ忘れてしまうのである。

これじゃ、本当に結婚しても、当分は塚川と呼ばれなきゃ、返事もしないかもしれないわ。

「はい……」

亜由美は、適当に間を置いて、返事をした。

いつもの調子で、元気良く返事をするわけにはいかないのだ。この団地では、亜由美は、「気の弱い、夫にしいたげられている（！）妻」というイメージなのだから。

ここは、亜由美が入っている棟の前の遊び場。——今は、まだ昼前なので、あまり子供の姿はない。

亜由美は、ドン・ファンをお供に、団地の中にあるスーパーマーケットで買物をして、帰りがけであった。

ドン・ファンがいくらフェミニストでも、荷物持ちとしては役に立たない。

ベンチに腰をおろして、一休みしているところへ、声をかけられたのである。

「あ、どうも」

亜由美は、弱々しく頭を下げた。

今日は特に弱々しくていいのだ。ゆうべ、夫の暴力でけがをした、という設定で、額のあたり、少々派手に包帯を巻いているからである。

「まあ、どうしたの、その包帯？」

やって来たのは、この団地の管理組合の理事をしている夫人で、名前は安井常子といった。もう五十代だが、格好はいやに若々しい。

「あ、いえ——ちょっと」

亜由美は、わざとらしくごまかして、「あの——この犬のことでしょうか」

と、話をそらした。

ここへ入ってすぐ、

「犬を飼われちゃ困るわ」

と、文句を言いに来たのが、この安井常子なのである。

そのときは平謝りで、誰かもらってくれる人を捜すので、その間、待って下さい、と頼んだのだった。

「転んだかどうかしたの？」

安井常子は、ドン・ファンのことなど目もくれず、

「大分ひどく打ったみたいね」

と、顔をしかめた。

――情報通の、この安井常子が、ゆうべの四〇二号室の大騒ぎを知らないはずがないのだ。

知っていて、こう言っているのだ、と亜由美は思った。

「ちょっと……家具にぶつけて」

「そう。気を付けなきゃだめよ」

と、安井常子は、肯きながら言った。「家具の方から、飛んで来たんじゃないの？」

「は？」

「いえね、ちょっと小耳に挟んだものだから。——ゆうべは大変だったとか」

「ええ……」

「ご主人は？」

「今日は家にいます。何だか会社へ行く気がしないとか言って」

「それで、お宅へ帰りたくなくて、こんな所にいるのね？　分るわ。でも、元気を出してね」

と、勝手に分ってくれている。

「あの——この犬のことですけど」

と、少々哀れっぽい声を出して、「もうしばらく待っていただけませんか。私にとっては、たった一人の友だちなんです」

グスン、と涙ぐんだりして、我ながら名演技だ、と亜由美は思った。

「ええ、いいわよ。私だって、そう話の分らない人間じゃないんだから」

「ありがとうございます！」

と、亜由美は頭を下げた。

「ねえ、あなた一度、うちへ遊びに来ない？」

「お宅へですか？　でも——お邪魔では——」

「そんなの構わないのよ。今日は私、ちょっと用があるけど、明日の午後なら。ね？

いらっしゃいよ」

「ええ。それじゃ……」

「そのワンちゃんも連れて来ていいわよ」

安井常子は、何となく色っぽい目つきでドン・ファンを見ると、フフ、と笑って、

「抱き心地が良さそうね。――じゃ、明日、お昼過ぎにね。待ってるわ」

「はい。ありがとうございました」

亜由美は、立ち上って、頭を下げた。安井常子は、いそいそと歩いて行ってしまう。

「こいつはどうも……」

何かありそうだわ、と亜由美は思った。「――ね、ドン・ファン」

「クゥーン」

と、ドン・ファンが鼻にかかった声を出す。

そして、ちょっと亜由美の肩越しに向うを見て、ワン、と鳴いた。

「あら」

振り向くと、永田が、由里の手を引いて歩いてくるところだった。やはり買物の帰りらしく、紙袋をかかえている。

「あ、ワンちゃんだ」

と、由里が嬉しそうな声を上げた。

こういう団地では、犬や猫の姿を見かけることがないので、子供には珍しいのだろう。

「あ、ゆうべはご心配をおかけしました」

と、亜由美は礼を言った。

「いや、とんでもない。こちらこそ、余計なことを言って――」

永田は、亜由美の額の包帯を見ると、言葉を切って、表情をこわばらせた。

「ね、お姉ちゃん、ワンちゃんと遊んでていい？」

と、由里がドン・ファンの方へ、こわごわ手を伸す。

「ええ、いいわよ。この犬はおとなしいから大丈夫」

いくらドン・ファンでも、相手が五つの女の子では、スカートの中へ入り込んだりしないだろう。離してやると、由里とドン・ファンは砂場で遊び始めた。

「――けがをしたんですか」

永田が、亜由美と並んで座った。

「ええ。大したことないんですの。包帯が大げさなだけで」

と、亜由美は微笑んで見せた。

「しかし、ゆうべは……」

「夫婦喧嘩ですわ、ごくありふれた。ただ、主人は、カッとなりやすい人なので」

自分の方がよほどカッとなりやすい。

「何ですね、暴力はいけないな」

と、永田は首を振って、言った。「まあ——あまり人のことは言えませんが、私も妻を殴ったりしたことはありませんでした」

「優しいんですね」

「いや……。ご存知でしょう、妻のことは」

「——殺された、とか。お気の毒です。犯人はまだ?」

「ええ。手がかりがないようです。しかし、ホテルでシャワーを浴びていて殺されたとなると、周囲の人がどう思うか……」

「分りますわ」

「私の方は、一応アリバイを認めてくれましたがね。こうなると、今度は女房を寝取られた哀れな亭主、というわけですよ」

「他の人のことは、放っておいた方がいいですわ」

と、亜由美は言った。「誰だって、人の家のもめごとは面白いものです」

「全くですね。いや、これはつい余計な話になってしまった」

「いいえ……」

——しばらく、当りさわりのない話をしてから、永田は、由里の手を引いて、帰って行った。

由里の方がまだ未練があったようで、振り向いて、ドン・ファンの方へ手を振ったりしている。

「さて、と——」

亜由美はドン・ファンの頭を、ちょっと撫でて、

「こっちも帰りましょ。あのヘボ刑事さんが、お腹空かして死んじゃうかもしれない」

「ワン」

亜由美は歩き出した。

そのとき、誰かが素早く歩き出したのが目に入って、亜由美はそっちへ目を向けた。

じっとしていたら——あるいは、ごく当り前に歩き出したら、たぶん亜由美は何とも思わずに見過していただろう。しかし、その女は、急に亜由美の方に背を向けて、いやにあわてた様子で、歩き出したのである。

誰だろうか？　亜由美は、ちょっと迷ったが、すぐに後を追いかけようと決心した。

向うは、ほとんど走るような足取りで、団地を出ようとしている。グレーの、地味なフードが、まるでマントのように翻っていた。

若い女だ、とその歩き方や印象で、亜由美は考えた。

向うが、チラッと振り向いて、亜由美がついて来るのに気付いた。しかし、はっきり顔が見えるところまではいかなかった。

とたんに、その女が、走り出した。

「待って！　ねえ、待って！」

亜由美は叫んだ。「ドン・ファン、追いかけて！」

ドン・ファンが、短い足を、めまぐるしい勢いで動かしながら、その女を追って行く。もちろん、亜由美も走っているのだが、何しろサンダルをはいているので、走りにくいこと。

といって、団地の誰が見ているか分らない。夫の暴力を、じっと泣きながら堪え忍んでいる若妻が、まさかサンダルを脱いで裸足で走り出すわけにもいかないのである。

女は、広い通りに出ると、ちょうど走って来たタクシーを停めた。乗り込もうとするところへドン・ファンが——。

「やめて！　あっち行け！　こら！」

女が、焦って叫んだ。ドン・ファンがスカートをくわえて、離さないので、タクシーに乗れないのである。

亜由美も駆けて来る。女は、手にしていたバッグでドン・ファンの頭を思い切り殴った。

「キャン！」

と、一声、ドン・ファンが飛びすさる。

が、殴ったはずみで、バッグの中身が、道へ散らばった。

女は、それを拾う間もなく、タクシーに飛び込むようにして、ドアを手で閉めた。

亜由美が駆けて来たときには、もうタクシーは走り出してしまっていた。

「逃げられた……」

と、息を弾《はず》ませ、「ドン・ファン、大丈夫？」

「ワン」

ドン・ファンは、ちょっと胸をそらして、抗議でもするように、鳴いた。まあ無理もない。

ともかく至って大事にされている犬である。あんな風に殴られて、プライドを傷つけられたのかもしれない。

「でも、何か落として行ったわよ」

と、亜由美は、女のバッグから飛び出した物を拾い集めた。「――見て！　手帳」

財布はなかったが（あっても役に立たないが）、手帳で女の身許が分れば……。

小さな、白い、女性用の手帳だった。

一番最後のページ、本人のことを記入する欄を見たが、そこは何も書いていなかった。いつも持っているのだから、と面倒で、書かなかったのであろう。

「これじゃ分らないわね……」

それにしても、なぜ亜由美から逃げようとしたのだろう?

住所録に、いくつもの名前がある。――それを見て、亜由美は啞然《あぜん》とした。

「何よ、これ!」

と、「嘆きの若妻」らしからぬ声を、上げていたのである……。

5　隣り合わせた死

喫茶店に入って来た、大学生の男の子は、キョロキョロと店の中を見回してから、首をかしげた。

「確かここだって言ったのに……」

と呟《つぶや》いていると、

「田代君、ここよ」

と呼ぶ声がした。

「やあ――」

と、手を上げて――。「おい、どうしたんだよ?」

田代は目を丸くした。

「何が? ともかく座ってよ」

と亜由美は促した。

「だって、その格好……まるでおばさんじゃないか!」

と、田代は目をパチクリさせている。

「仕方ないのよ。これには事情があるの」

ごく地味なセーター、スカート。――今は女子大生でなく、疲れた若妻なのだから、仕方ない。

事情を知らない友人が見たら目を丸くするのはごく当り前のことだった。

「映画のエキストラでもやってんの？」

と、田代は訊いた。「それなら、戦争中の話だな」

「どうでもいいのよ、そんなこと」

と、亜由美は言って、バッグから、あの白い手帳を取り出した。「ねえ、この手帳、誰のだか分らない？」

「見たことあるな。名前、書いてないのかい？」

「うん。ただ、住所録、ズラッとうちの大学の人の名ばっかりなの。田代君も入ってんのよ」

「俺が？　見せてくれよ」

亜由美が手帳を渡すと、田代は中をめくって見た。

「――結構デートの相手の多い女だな。こんなにやたらと約束の時間が書き込んである」

「田代君のデート相手と違う？」

「俺はそうじゃないと思うよ。でも、見たことのある手帳だな。それにこの字……」

田代は、パチンと指を鳴らした。「思い出した！」

「分った？」

と、亜由美が身を乗り出す。

「これ、尾田《おだ》の奴のだよ」

「尾田？」

「尾田……珠子《たまこ》だ、確か。『タマちゃん』とかみんな呼んでる子さ」

「タマちゃん。──そういえば、聞いたことあるわ」

「二年生だよ、確か」

「どうして田代君の名前があるの？」

「クラブでさ。同好会で一緒なんだ。コンパのとき、隣に座ってさ、そこでこの手帳を見たんだよ」

「サンキュー！　助かったわ」

亜由美は、手帳をバッグへ戻した。「ねえ、その子、どこへ行ったら会えるかしら？」

「そこまで知らないよ。でも、確か俺の友だちが、その子と付合ってたはずだ」

「彼女の家、訊いてみてよ」

「どうすんだい、訊いて？」

「それは秘密。いいから、その友だちってのに、早く連絡してみてよ」

「OK。じゃ、電話してみる。まだ午前中だから、家にいるだろ」

田代が、店の入口のわきにある公衆電話へと立って行った。

――これで一つ、手がかりがつかめたわ、と亜由美は思った。

その尾田珠子が、なぜあの団地にいて、なぜ亜由美から逃げたのか。――久恵の死と関連があるのかもしれない。

田代が戻って来た。

「――つかまえたよ。今日、彼女とデートの約束があったんだって」

「あ、あった？」

「そしたら、今朝、彼女から電話で、風邪気味だからって取り消して来たらしい」

「そう」

亜由美は肯いた。「彼女の家、どこだって？」

「行ったことはないらしいよ。小さなアパートに独りで住んでるんだって」

「何ていうアパート？」

「メモしたよ。――これ。大体、場所はそこに書いた辺りだっていうんだけど」

「名前が分りゃ大丈夫だわ。どうもありがとう」

亜由美は、メモをバッグへしまい込んだ。

「だけどさ、その格好、なかなかいいよ」

と、田代が言った。

「そう?」

「うん。塚川って意外に家庭的なのかもしれないな」

その言葉を、どう受け取るべきか、亜由美は、ちょっと悩んだのだった。


——ここ?

亜由美は、もう一度、メモを見直した。

間違いない。でも、これが「小さなアパート」だなんて!

もちろん、今は、アパートもカタカナのわけの分らない名前がつく時代である。これも大方、そうなのだろうと思って来てみたのだが……。

ここは正に本格的マンションだった。十階建で、造りも相当しっかりしている。

場所柄からみても、安くはないと思えた。

こんな所に、女子大生が一人で?

金持の親に買ってもらったか、でなければ、パトロンでもいて、お金をもらっているかだ、と思った。

ロビーの郵便受で、〈尾田〉を捜した。

「七階の——七〇五か」

もちろん、エレベーターである。

ちょうど七階で、エレベーターは停っていた。ボタンを押すと、ゆっくり降りて来る。

たぶん犯罪防止のためだろう、扉に窓がついていて、中が見えるようになっていた。

「遅いなあ」

と、せっかちな亜由美は呟いた。

やっと、降りて来る。そして——目の前の窓に、若い女の顔が見えたとき、亜由美はギョッとしてしまった。

この顔だ！　あの、矢原晃子が金をゆすり取られたとき、夫の腕をとって、一緒に写真に写っていた女。そうだったのか。

——大学で、見たことのある顔だったのだ。だから、どこかで見たような気がしたのである。

エレベーターが停り、扉が開く。

いい所で会ったわ！

と、張り切った亜由美の方へ、突然、その女——尾田珠子がよろけるようにして、倒れかかって来たのである。

「ちょっと？——何よ！」

セーターにジーパンという服装の尾田珠子は、亜由美の腕の中で、ぐったりと身を沈めた。

「どうしたの！　ねえ！」

亜由美は、尾田珠子を抱きかかえて、ハッと息を呑んだ。赤いセーターだから、目につかなかったが、背中に大きく広がっているのは……。手にべっとりとついたのは、間違いなく血だった。

いかに亜由美が度胸がいいといっても、およそ予期していないところで、こんなものにぶつかって平気でいられない。

「誰か——誰か来て！　人殺し！」

と、ロビーを震わすばかりの声で、絶叫していたのである。

「——だから言わんこっちゃない」

と、渋い顔で言ったのは、亜由美の夫、茂木である。

「何よ」

亜由美がふくれっつらで言った。

「こんなことになったじゃないですか。君が余計なことに首を突っ込まなきゃ、あの子は死なずに済んだのかもしれない。それが分ってるんですか」

「そんなこと……分ってるわよ」

亜由美は、低い声で、呟くように言った。

――ここは尾田珠子のマンションである。

女の子一人の部屋にしては立派すぎる。親がどれくらい仕送りしていたのか分らないが、それ以外の収入がなければ、とてもこんな暮しはできまい。

「――しかし、困った話だな」

茂木はため息をついた。「一体今どきの女子大生ってのは、何を考えてるんだ」

茂木は、けがをした足に包帯をして、サンダルばきだった。一応今日は、「出勤」したことになっているのだ。

亜由美も、多少落ち込んでいた。何しろ目の前で人が殺されたのだ。

それは、たぶん、茂木の言う通り、自分が会いに来たせいなのかもしれない。そう思うと、さすがに胸が痛くなって来る。

「――おい」

と、声がした。

「殿永さん」

亜由美は、少しホッとした。「こんなことになって……」

「いや、あなたのせいじゃありませんよ」

殿永は、茂木の方へ向って言った。「おい、事件を解決できない我々の責任を棚に上げて、警官でもない人を責める奴があるか」

「はあ」

茂木は少々不服そうだった。

「我々が事件を解決しておけば、それこそ、ここに住んでいた娘は死なずに済んだのだ。批判はされても、こちらから批判できないのが、警察官というものなんだ。それがいやなら、警官になどなるな」

殿永の口調は穏やかだが、厳しかった。

「——よく肝に銘じておきます」

茂木は、ちょっと姿勢を正して、言った。

「ところで、足はどうしたんだ？」

と、殿永が訊く。

「あの、これは——」

と、茂木が言いかねていると、

「夫婦喧嘩なんですの」

亜由美の言葉に、殿永は目をむいた……。

「――なるほど」

　事情を聞いて、殿永は肯いた。茂木の足の傷のことではなく（それもあったが）、尾田珠子のことを突き止めた事情の方である。

「まあ、あれだけの団地だ。たまたまあなたの大学の学生の知り合いがいたって不思議はない」

「尾田珠子は、恐喝事件に一枚かんでいたんですわ」

　と、亜由美は言った。「あの団地内の夫たちの中から、何人かを選んで、わざと腕を絡めて写真を撮らせていたんです」

「それをやらせていた人間がいたんだろうな、きっと」

「そうですね。脅迫の手口からして、団地内の人間ですよ、きっと」

「ちょっと隙間風の吹いているような夫婦を選んで恐喝しているらしいですからね。そこまで分るのは、同じ団地に住んでいる人間だからでしょう」

　と、殿永が言った。

「でも、実際に、脅迫の電話をかけたのは、尾田珠子かもしれませんわ。団地の中の人がかけたのでは、声で分ってしまう危険があります」

　亜由美の言葉に、殿永は肯いた。

「彼女が、その分け前を受け取っていたとして、これだけのマンションに住んでいられたかな」

殿永が、部屋の中を見回す。

「そうですね、一人三十万円じゃ、大したお金にはならなかったと思いますけど」

「すると、他に何か金の入るわけがあったということになる……」

殿永が考え込んでいると、茂木が、片足を引きずるようにして、やって来た。

「だめですね。犯人らしい者を見たという住人はいません」

「そうだろうな。こういう所では、他人の生活には無関心だ」

「ただ、ここに住んでいた女子大生、やはり男がいたようですよ、時々、中年の男が訪ねて来ていたそうです」

「思った通りだ」

と、殿永が首を振って、「一応、その線も洗ってみなきゃならんな」

「分りました」

と、茂木が言うと、

「君はいいんだ。君の任務は、このお嬢さんを守ることだぞ。忘れるな」

と、殿永が釘《くぎ》を刺した。「――さて、これからどうします？」

と訊いたのは、もちろん亜由美の方に、である。

「そうだわ！　今日、安井さんの所へ呼ばれてたんだ」

亜由美は、あわてて腕時計を見た。「——まだ間に合うわ。何かつかめるかもしれないって気がするんですよ」

「しかし、用心して下さいよ。尾田珠子を殺したのが、もし、団地内での恐喝犯だとしたら、彼女の口から、そっちへあなたのことも知られているかもしれない」

なるほど、言われてみればその通りだ。

「でも、今さら引き返せませんわ。久恵のためにも」

「あなたに、佐伯久恵や尾田珠子の二の舞になってもらっては困りますからね」

殿永は、微笑んだ。——その笑顔が、どんな忠告よりも、亜由美にはありがたかった。

「じゃ、私、もう行きますわ。——今日は早く帰ってね、あなた」

と茂木に声をかけると、殿永が笑い出した。

殺人現場では——尾田珠子は、この部屋で刺されていたからだ——いささか不謹慎かもしれないが、この場合は至って自然な笑いだった。

亜由美は、七〇五号室を出て、エレベーターの方へ歩いて行った。ボタンを押すと、ちょうど上って来るところで——それも、ピタリ七階まで上って来た。

コートを着た男が降りて来て、

「失礼」

と、亜由美のわきを抜けて行きかけた。

右手に、ケーキらしい箱を下げていて、左手で持っていた何通かの郵便物が、すれ違った拍子に、亜由美の体に触れて、二、三通下へ落ちた。

「あ、ごめんなさい」

亜由美は、とっさに身をかがめて、落ちた封筒を拾った。

「いや、どうぞ――」

「あら」

思わず声を上げたのは、その封筒――中身はダイレクトメールらしかったが――の宛名が、〈尾田珠子〉となっていたからだ。

「君は――」

コートの男が、啞然としたように言った。その顔を見て、今度は亜由美の方が、愕《がく》然《ぜん》とする番だった。

「佐伯さん！」

それは久恵の父親だったのである。

「それじゃ、佐伯さんが尾田珠子の……」

亜由美にとって、ショックは大きかった。

久恵の父親が、若い女子大生を愛人にして、マンションに置いておいたのだ。——佐伯の嘆きを見て、亜由美は命がけの捜査に賭けてみる決心をしたのである。それなのに……。

裏切られた気持だった。

「君に何と言われても仕方ない」

と、佐伯は言った。「しかし、珠子が殺されたとは知らなかった。本当だ」

「それはそうでしょうな」

と言ったのは殿永である。

亜由美は結局、佐伯と共に、また尾田珠子の部屋に戻ることになったのである。

「もしご存知なら、警察がいるところへ、のこのこやって来ないでしょう」

「しかし——どうしてあの娘が……」

佐伯は、呟くように言った。

「それはまだ今のところ分っていません」

殿永は、事務的な調子で言った。「尾田珠子とは、いつごろから？」

「——もうじき一年になりますか」

と、佐伯は、少し考えてから言った。「ちょうどそのころ、妻との間がうまく行っていなくて……。久恵が、たまたま、大学の用事だかで、尾田珠子を、家へ連れて来たんです」

「久恵が？」

「そのときは、別にどうということもなかったんですが……。次の日、会社の帰りにばったり会いましてね。彼女の方が、お茶でも飲まない、と誘って来て——それがきっかけでしたね。このマンションは、私が家賃を払って、借りているのです」

亜由美は、しばらく間を置いてから、言った。

「佐伯さん。——尾田珠子とあなたのことを、久恵は知ってたんですか」

佐伯は、目を伏せた。そして、苦しげな声で言った。

「知らないはずだ——と思っていました。しかし、久恵が死んだとき、もしかしたら、知っていて、それが自殺の原因の一つにもなったのじゃないか、と……。そう思って、何日も苦しんだものです」

その言葉に嘘はあるまい、と思った。たちまちの内に白くなった髪が、それを語っている。

「——それ以来、私は一度もここへ来ていませんでした。しかし、もう、家賃の分の金を渡さなくてはいけない時期だったし、話をして別れるにしても、突然今すぐというわけにもいかない。そう思って、今日、ここへ来た、というわけです」

「分りました」

亜由美はそう言うと、立ち上った。「私、もう行かなくちゃ。でも、佐伯さん」

佐伯が顔を上げる。亜由美は、ちょっと微笑んで、

「私、さっきは凄くショックを受けましたけど、少し安心しました」

と言った。「久恵、決してあなたを恨《うら》んで死んだりしたんじゃないと思いますわ。それじゃ、また――」

亜由美が急ぎ足で出て行くと、佐伯は、ふっと息をついた。そして呟くように、言った。

「本当にいい子だ……」

「同感ですな」

と殿永が言った。

廊下の方で、亜由美が派手にくしゃみをするのが聞こえた。

6　副業にご用心

「遅くなってしまって……」

と、亜由美は、安井常子の家の玄関で、頭を下げた。

「いいのよ。どうせ時間はあるんだもの。さ、上って」

「失礼します」

亜由美は上り込んだ。居間へ通される。

「――あのワンちゃんは？」

と、紅茶をいれながら、安井常子が訊いた。

「ええ、外から直接来たので、部屋で留守番を」

「まあ、それは可哀そうね。お腹を空かしてるんじゃない？」

「いえ、少しは食べるものを置いて来ましたから」

「そう。それならいいけど――」

安井常子は、座り込むと、あれこれ雑談を始めた。

亜由美は、ちょっとがっかりした。何かあるのかと思って来たのだが、ただ世間話をするだけだったのか。

それこそ、ドン・ファンも待っているし、適当に切り上げて失礼しようか、などと考えたが、そんなとき、

「そうだわ、あの永田さんの所とすぐ近所ね」

と、安井常子が言い出したのだ。

「ええ。引越しのとき、手伝っていただきました」

と、亜由美は言った。「――奥様のこと、お気の毒ですね」

「そうねえ、本当に。でも――」

と、言いかけて、常子が言葉を切る。

「え？」

「ちょっと、色々あったのよ」

フフ、と小さく笑って、思わせぶりに言った。

「何か――永田さんに？　とても親切な方ですけど」

「そう。でも、若い女性に特に親切って噂だったわ」

「まあ。――まさか。でも、大体男の人はそうじゃありません？」

「そりゃそうね」

と、常子は笑って、「でも、あの人の場合は、少々問題もあったのよ」

「浮気……ですか？」

「殺された奥さん、いつも、険しい顔してたわ。きっと夫婦仲がうまく行ってないのね、とみんな話してたものよ」

「そうですか。——見かけによらないものですね」

「だってね」

と、常子は少し声を低くして、「奥さんが殺されたとき、てっきりご主人が犯人だと思ったくらいよ。みんな、そう思ったんじゃない?」

「だけど、実際は——」

「もちろん、アリバイがあったというから、違うんでしょうね。でも、アリバイなんて、結構いい加減なもんじゃない?」

「ええ。それは……」

「それに、時々苦情が来てたのよ、永田さんのことで」

「苦情って、どんな?」

「あのご主人、カメラいじりが好きでね、ほら——何というの、遠くが写る——」

「望遠レンズですか」

「そうそう。それを持ってるの。会社の休みのときなんかにね」

常子は、クスッと笑って、「それで、他の家を覗いてた、っていうの」

「覗きを? まあ!」

「もちろん、当人は、鳥を写してたんだ、とか言ってたわよ。言いがかりだって怒ってたけどね。――ま、本当か嘘か、何となく疑われる雰囲気があるのよ」

カメラ。――望遠レンズ。

気になることがあった。

あの、例の脅迫に使われた写真だ。尾田珠子が、狙った男の腕につかまって、親しげに話しかける。

それは難しくあるまい。しかし写真を撮るのはどうだろうか？

男の顔ははっきり写っていないといけない。そうでなきゃ、別人だ、とやり返されて、恐喝になるまい。

しかし、尾田珠子の顔は、あまりはっきり分っても困るのである。

女子大生なんて、ちょっと見れば似た子がいくらもいる。現に、あの矢原晃子が見た写真は、矢原の顔がはっきり写っていて、尾田珠子の方は、よく分らない。

亜由美ですら、一瞬、本当に久恵かもしれないと思ったくらいである。

しかし、あんな風に、うまいタイミングで写真を撮るというのは、そうたやすくはあるまい。しかも、暗い所で撮っているのだ。

写真を撮られたことを、なぜ男が気付かなかったかというのが不思議だったのだが、もし望遠レンズを使って、少し離れたところから、カメラの腕にかけてはベテランの人間が撮れば……。

「――あら、すっかり引き止めちゃったわね」

と、安井常子が時計を見て言った。

「いいえ、こちらこそ、すっかりお邪魔してしまって」

亜由美は、立ち上って、礼を言った。

「また、おしゃべりしましょうね。いつでも来てちょうだい」

と、常子は、亜由美を玄関まで送りながら、「もっとも、用事で出かけることが多いから、留守のときもあるわ」

と付け加えた。

部屋へ戻ってみたが、まだ茂木は帰っていなかった。

ドン・ファンが、ソファの上で、ドテッと横になって、恨めしげな目つきで亜由美を見ている。

「変な犬ね、本当にお前は」

と、亜由美は言った。「普通の犬はお腹を空かしてて、飼主が帰って来たら、ワンワン嬉しそうに足にまとわりつくもんよ。お前みたいに、そんな目つきで人を見たりしないわ」

文句は言いながら、しかし、帰りが遅くなったのは事実だ。亜由美は、早速、ドン・ファンの食事を作った。――といったって、要するにドッグ・フードを器へ出しただけである。

家にいると、母の清美が結構色々作って、ドン・ファンもそれを食べるのだが、ここでは専らドッグ・フード。

ドン・ファンは不服そうだが（舌がこえているのだ）、このときばかりは、よほどお腹が空いてたのだろう。アッという間に器を空にしてしまった。

「さて、と――人間様の方の食事の支度もしなきゃ」

そろそろ夕食の用意をする時間だった。

亜由美も女で、料理は大の得意――ではない。「料理」じゃなくて、「推理」なら得意なんだけどね。

で、臨時の夫、茂木も、いつも冷凍食品を電子レンジで温めたものばかり食べさせられていたのである。

「今日はどの冷凍食品にするかな……」

と、迷っていると電話が鳴った。

出てみると、

「帰ってましたか」

と、殿永の声。

「殿永さん。あの後、何か分りました？」

「いや、まだです。実は、ちょっとお知らせがあって――」

「特売か何かのですか？」

殿永が笑いながら、

「いや、そうじゃありませんが、大安売りに出してもいいな、茂木の奴を」

「まあ」

「茂木の足の傷が、どうもうんでしまったらしくて、熱を出して入院しちまったんですよ」

「入院？」

さすがにびっくりした。

「いや、大したことはありません。ただ、今日はそっちへ戻れないと思うので」

「分りました。――気の毒しちゃったわ」

「いや、それも職務ですよ」

「そうだわ、一つ調べていただきたいんですけど」

「何です？」

「矢原と、尾田珠子の写っている写真、望遠レンズを使って撮ったものかどうか、分りません?」

「望遠レンズ?——すぐ当ってみますよ。しかし、どうしてそんなことを?」

「ちょっとした勘ですわ」

と、亜由美は気取った。

「あなたがそういう事を言い出すときは怪《あや》しいんだ。——いいですか、くれぐれも一人では無茶をしないように」

「分ってますわ」

「どうも怪しいもんだな」

と、殿永は言った。「じゃ、今の写真の件は、すぐに調べて連絡します」

「よろしく」

「いいですね」

殿永が念を押す。「くどいようですが、探偵業は、主婦の副業としては不向きですよ」

亜由美は、つい笑ってしまった。

「分りました。何かやるときは、必ずご連絡します」

「本当は、何もやらないでいて下さるのが、一番ありがたいんですがね」

と、殿永が、ため息と共に言った。

――電話を切ると、亜由美は、

「今夜は寂しく独り寝か」

などと呟いてみた。

もちろん、いつも独り寝なのである。あ、いや、一人じゃない。

「クゥーン」

まさか、亜由美の言葉が分ったわけでもあるまいが、ドッグ・フードを食べ終えて、やっと一息ついたドン・ファンが、鼻を鳴らして、すり寄って来る。

「分ってるわよ。だけど、お前はね、『一人』じゃなくて、『一匹』なのよ。自分じゃそう思ってないかもしれないけど」

それにしても、あの茂木という刑事、気の毒なことをした。

「まだ若かったのに」

などと、死んでもいないのに呟いていると――。

「失礼します」

玄関の方で声がした。

「はい」

急いで出て行くと、どうやら、鍵をかけていなかったらしく、大柄な、若い女性がトレーナー姿で立っていた。

その手をつかんでいるのは、永田の娘、由里だった。

「あら、由里ちゃん」

「保育園の者なんですが」

と、その若い女性は言った。

「まあ、ご苦労様です」

「実は、さっき永田さんからお電話がありまして、今夜、急な仕事で、どうしても遅くなる、ということなんです。それで、もしよろしかったら、由里ちゃんを預かっていただけないかと思って」

「それは――構いませんけど、永田さんはご承知なんですか?」

「ええ、永田さんが、お願いしてみてくれないかと言われたんです」

「あら、それじゃもちろん。――由里ちゃん。あのワンちゃんがいるから、遊んでらっしゃいね」

「うん!」

嬉しそうな声を上げると、由里は、飛び上るようにして、部屋へ入って来た。

「まあ、元気のいいこと」

と、亜由美は笑った。

「では、失礼します。よろしく」

と、保育園の女性が帰って行く。

ああいう仕事をしてる人って、飾り気がなくて、爽やかでいいわ、と亜由美は思った。

「ねえ、由里ちゃん。お姉ちゃん、これからご飯なの。一緒に食べようか?」

と、早くもドン・ファンを相手に遊んでいる由里へ声をかける。

「いいの?」

「もちろんよ。お姉ちゃんも、一人で食べるの寂しいなあって思ってたのよ」

「じゃ、食べる!」

「待っててね」

——それほどの手間もかけずに、一応の食卓が整うのは、何といっても、食品産業の発達のなせる業である。

「——おいしい」

と、由里も、多少はお世辞もあったかもしれないが、せっせと食べてくれて、亜由美は子供ってのもなかなかいいもんだわ、などと考えていた。

「うんと食べてね」

と、自分も食べながら、亜由美が言うと、

「お姉ちゃん、旦那さんは?」

と由里がいきなり訊いた。

「え？」

一瞬、誰のことかと思った。——由里を前にして、つい、自分が「神田亜由美」だということを忘れていたのである。

「ああ、旦那ね」

と、笑ってごまかす。「ちょっと今夜はね——」

「殺されたの？」

亜由美はギョッとした。

「いいえ！　生きているわよ。でも、どうして？」

「うちのママみたいに、殺されたのかと思った」

「ママ、ねえ……。寂しいわね」

「パパは、ママが病気で死んだって言ってるけど、保育園で、もっと大きい子が言ってたんだ。お前のママは殺されたんだぞ、って」

余計なことを言う奴がいるもんだ、と亜由美は思った。もっとも、やっと五歳の由里は、「殺された」ということの意味は、分っていないかもしれない。

「ママは、とてもすてきな人だったんでしょうね」

「うん」

と、由里は力強く肯いた。「写真、見せてあげようか?」

「ママの写真? うん、お姉ちゃん、ぜひ見たいなあ」

「じゃ、ごちそうさましてから、うちに行こうよ」

「由里ちゃんの所へ?」

「そう。——ね。いいでしょ? ワンちゃんも来ていいから」

「それはいいけど——」

と、亜由美は、ちょっとためらって、「お部屋へ入れるの?」

「鍵があるもの」

「鍵が?」

「うん。ここに」

由里がえり元につけたブローチを、指して、言った。「この裏っかわにね、鍵がとめてあるの」

「へえ、便利ねえ」

これはチャンスだ、と亜由美は思った。

例の望遠レンズの話も確かめられるかもしれないし、何か証拠が残っているかも……。

だが、由里の目の前で、家捜しするわけにはいかない。

「でも、黙って、由里ちゃんのお家に入ったら、パパに叱られないかな?」

「大丈夫よ」

と、由里は言った。「じゃ、パパに電話して訊いてみる」

「パパの会社に?」

「うん」

これはいい手かもしれない。亜由美が望遠レンズのことを知っているとは、永田も思っていないだろう。

亜由美としては、調べている所へ、ひょっこり永田に帰って来られたりしては困るのである。今、電話して会社にいたとすれば、そうすぐには戻って来られない。

「電話番号、分る?」

由里は、ちゃんと番号をそらんじていた。

「じゃ、お姉ちゃんがかけてあげるわ」

亜由美は、その番号を回してみた。——少し間があって、

「——はい、T産業」

と、男の声。

「あの、永田さん、いらっしゃいますか?」

「永田ですか。ちょっと待って」

捜しているらしい間があってから、「——もう、こっちを出たらしいですよ」

「そうですか」

亜由美は少しがっかりした。

「おうちの人？」

「いえ——近所の者です。娘さんを預かってるんで」

「ああ、そうですか。早く帰んなきゃ、とは言ってましたよ」

と、気の良さそうな男で、「でも、今日は午後から出社だったから、仕事が片付かなかったみたいだね」

と、わざわざ付け加える。

「どうもありがとうございました」

亜由美は、電話を切って、由里の方へ、「パパ、もう会社を出て、こっちへ向ってるみたいよ」

と言った。

「じゃ、もうじき帰って来るわね」

「そうね。分らなくなるといけないから、ここにいましょ」

「うん」

亜由美は、由里にジュースを出してやりながら、

「今日は、何かご用があったの？」

と、言った。「朝、どこかへ寄って行ったのかな？」

「知らない。パパ、何も言ってなかったよ」

「そう。――いつも通り、保育園に行ったの？」

「うん。パパもそのまま会社に行った」

「――そう」

別に、どうってことじゃないだろうが、何だが気になった。

永田は、由里を保育園に置いて、真直ぐ会社に行かなかったのだ。もちろん、どんな用事があったのかは分らないが……。

そこへ、玄関のチャイムが鳴って、

「すみません」

と、当の永田の声がした。

「パパだ！」

と、由里が叫んだ。

「すみませんでした。ご迷惑をおかけして」

と、永田は丁寧に礼を言った。「夕ご飯までごちそうになっては……」

「いいえ、ごちそうなんてものじゃないんです」

亜由美は正直に言った。「主人が、今夜、ちょっと出張で帰らないものですから」

「そうでしたか」

「あの――よろしかったら、お上りになりません？」

亜由美の言葉に、永田は、ちょっとためらっていたが、

「構わないんですか？」

と訊いた。

「ええ、もちろん。何もありませんけど」

亜由美は、一応紅茶などいれて出しながら、

「――大変ですね、毎日、由里ちゃんの送り迎えを」

と言った。

「朝はともかく、帰りが時にはこうして遅くなるんです。それが困るんですよ」

と、永田は言った。

「やっぱり仕事となれば、仕方ありませんものね」

「そうなんです。今日もずっと会議が続きましてね。そのせいで仕事がたまって。――会議中も、苛々のし通しですよ」

と、永田は苦笑した。

「まあ。会議ですか。いやですね、あんまり意味もない会議って」

知りもしないのに、亜由美は分ったようなことを言った。「じゃ、朝からずっと？」

「そうなんです。――またそういうときに限って、どうでもいいような議題ばかりなんですね」

と、永田は笑って言った……。

7 虚しい決算

「ゆうべは、電話できなくてすみませんでした」

と、殿永が言った。

「いいえ。こちらも、かかって来たら困るな、と思ってたんです。浮気の最中でしたから」

と、亜由美は言った。

「面白い人ですな、全く」

と、殿永は笑った。

昼食を、ちょっとしたレストランで取りながらの会話である。

「茂木さんの傷の方はどうですの？」

と、亜由美は訊いた。

「大したことはないようです。当人は遺言でも残しかねない様子ですがね」

殿永は、ニヤリと笑って、「――そうそう。例の写真の件ですが、調べた結果、確かに、望遠レンズを使っているらしいということでした」

「やっぱり」

「しかし、どうしてそう思ったんです？」

「実は——」

と、亜由美は、安井常子から聞いたことを、殿永に話して聞かせた。

「なるほど」

「もちろん、永田さんだけが望遠レンズを持ってるわけじゃないけど、一応可能性はあると思って」

「そうなると、永田が、例の恐喝の張本人ということもあり得るわけだ」

「ええ。尾田珠子を使って、やっていたのかもしれません」

「すると、永田照美が殺されたのは、永田と尾田珠子との、三角関係が原因かもしれないな」

「でも、永田にはアリバイがあるんでしょう？」

「そうなんです。しかも、これはかなり強固なアリバイですよ」

「じゃ、尾田珠子が？」

「あり得ないことじゃないが、ストッキングで首を絞めるというのは、あまり女性のやる手口じゃありません」

「そうですね。それと——久恵がどう関ってるのかも分りませんわ」

と、亜由美は首を振った。

「その辺はどうもすっきりしませんね」

と、殿永が肯く。

「実は、もう一つ、つかんだことがあるんです」

と、亜由美が身を乗り出す。

「また危い真似をしたんじゃないでしょうね」

「いいえ！　とんでもない」

亜由美は、昨日、永田が午前中、出社していなかったことを説明して、「――自分では行ったと言ってます。ちょっと怪しくありません？」

「うむ。なるほど」

「その時間に、尾田珠子を殺すことはできたはずです」

殿永は、首を振って、

「我々を失業させるつもりですか？」

と言った。

「でも――もちろん、そんなの、証拠にはなりませんね」

「少なくとも殺人容疑で逮捕するというわけにはいかんでしょう。しかし、そこを緒《いとぐち》に、調べることはできる」

「やってみて下さい」

と、亜由美は言った。「久恵の恋の相手が、もし永田だったら、絶対に許せませんもの」

「そう。そこが、どうも引っかかっているんですよ」

と、殿永は、コーヒーを一口飲んだ。

「引っかかって？」

「なぜ、久恵さんは自殺したのか」

「――それは、永田が――」

「相手が永田だとしても、他の男だとしても、ただ、別れることにしたから、死ぬというには、久恵さんという人は、もっと芯の強いタイプに思えますが。どうです？」

「そうですね。――そう言われてみると」

「もちろん、私は心理学者ではないから、よく分りませんが、久恵さんのような方が、単に失恋したからといって自殺するというのは変だという気がするんです」

確かに、そうかもしれない。今まで、亜由美は相手の男への怒りに燃えているばかりで、久恵自身の心の中に何が起ったのかを、あまり考えていなかった。

「しかも、久恵さんは、極めて冷静な遺書をのこして死んだ。――その点から考えても、どうも、久恵さんが死を選んだのには、別の理由があったように思うのです」

「どんな理由が？」

と、亜由美は訊いた。

もちろん、殿永には答えられない。――それは亜由美も分っていた。

むしろ、亜由美は、自分自身へ問いかけたのだ……。


「――お姉ちゃん」

団地へ戻った亜由美は、自分の棟に入ろうとして、自分を呼ぶ声に振り返った。

「あら、由里ちゃん」

砂場の辺りに、子供たちが集まって、ワイワイやっている。ゆうべ由里を連れて来た女性が、亜由美を見て、会釈した。

「先生に連れて来てもらったの」

と、由里は言った。「お砂遊びの時間なんだ」

「そう。楽しそうね」

と、亜由美は微笑んだが……。

もし、永田が殺人犯だったとしたら、この子は……。亜由美の胸が、ちょっと痛んだ。

しかし――しかし、真実は、いつか明らかにされなくてはならない。

「ワーイ!」

子供たちが、砂をまき散らしながら駆け回っている。由里も、その仲間に加わって、走って行った。

亜由美は、その場を離れようとして、ふと、足下に落ちているものに目を止めた。拾い上げると、ブローチだ。——由里のブローチ。

駆け回っていて、外れてしまったらしい。裏側に、鍵がテープで止めてある。

亜由美は迷った。しかし、どうせいつかはこうしなくてはならないのだ。今なら昼間で、永田は戻って来ない。

心を決めて、亜由美は歩き出した。

真直ぐに、永田の部屋へ向う。——廊下には誰も出ていなかった。

素早く鍵をあけ、中へ入った。

捜す、といっても、亜由美は刑事でも泥棒でもない。どこをどう捜せばいいのか、知っているわけではないのだ。

ともかく目についた所から、と、捜し始めたが、後で気付かれてもいけない。そうめちゃくちゃに引っかき回すわけにはいかないのだ。

引出しの一つ一つを捜していると、たちまち三十分近くたってしまった。

「こんなことしてたら、夜になっちゃう」

と、亜由美は、息をついて呟いた。

ふと、写真が目に止った。殺された、永田の妻、照美の写真である。直感があった。――写真を隠すには？　写真の下。写真立ての裏蓋を外し、写真を出してみる。――一枚の写真が、永田照美の写真の裏側にはりついていた。

それをそっとはがして、亜由美は、じっと見つめた。――やはり。やっぱり、そうだったのか！

「久恵」

と、亜由美は言った。

佐伯久恵と、永田が寄り添って写っている。――久恵は、幸せそうに笑っていた。ほとんど、亜由美にも見せたことのない、明るい笑顔だった。

「久恵……」

と、もう一度呟く。

そこへ、

「見付けましたね」

と、声がした。

奇妙なことに、亜由美は、あまりびっくりしなかった。そこに永田がいることが、ごく当り前のような気がした。

「あなたが久恵を殺したのね」

と、亜由美は言った。「私は塚川亜由美。久恵とは幼なじみだったのよ」

「あなたなんかには分らない！」

永田は、声を震わせた。

「何が分らないのよ！」

亜由美は言い返した。「久恵は、結婚するんだって、そりゃあ幸せそうだった。それを裏切ったのは、あなたじゃないの！」

「違う！」

「何が違うのよ」

「私は——私は、久恵と結婚するつもりだった。本当だ。でも——照美はどうしても承知しなかったんだ。あいつはどうしても……」

永田は、青ざめて、額に汗を浮かべていた。

「あいつは、自分でも浮気していたくせに、私が久恵を愛するのを許さなかった」

「言い訳にはならないわ」

「私は——久恵を愛していたんだ！」

と叫ぶように言って、永田は、いきなり亜由美に飛びかかった。

これは不意打ちだった。永田の両手が、亜由美の首にかかった。

亜由美は振り離そうとしてもがいた。二人がもつれ合って、部屋の奥へ——。

「危い！」

と、叫ぶ声がした。

「アッ」

短い声を上げて、永田が、亜由美から手を離す。

亜由美は、首を押えて、喘《あえ》ぎながら、起き上った。——立っていたのは、安井常子だった。手に、包丁を握っている。

「私——つい、夢中で——」

と、ポカンとした顔で言った。

永田は、脇腹から流れ出る血を手で押えて、テラスへと出た。

「由里！——由里！」

と、叫びながら、手を空へ差しのべる。

「いけない——」

亜由美が立ち上ったとき、永田の体は、テラスの向う側へと消えていた。

「何てこと！」

亜由美は、息を呑んだ。

「ワン！」

「キャッ！　何するのよ！」

叫び声に振り向くと、どこから入ったのか、ドン・ファンが、安井常子のスカートにかみついて引っ張っているのだ。

「ドン・ファン！　やめなさい」

と亜由美は言った。「この人は私を助けてくれたのよ！　ドン・ファン！」

無理に引き離したのが、却っていけなかった。ビリッと音がして、安井常子のスカートが大きく裂ける。

「あ！」

と、声を上げて——亜由美は、常子のスカートの中から、パラパラと落ちた写真に、目を止めた。

拾い上げてみる。それは——あの、矢原晃子が見た、恐喝に利用されたのとそっくりな写真だった。

尾田珠子が、他の男の腕に、甘えるようにすがっている。

「この写真を、あなたが……」

亜由美は、安井常子を見た。「そうだったの。あなたが、尾田珠子を使って、永田に写真を撮らせていたのね。そして、脅迫していた。——あなたなら、どの家の夫婦がうまく行っていないか、よく知っていたから」

安井常子は、包丁を握り直した。

「そうよ」

と、亜由美を見返す。「団地の中で、幅をきかせるには、お金がいるのよ。永田は誘惑に弱い人だったから、いつも他の女性とトラブルを起してた。だから、弱味をつかんで、言うことを聞かせるのは簡単だったのよ」

「なぜ尾田珠子を？」

「永田が連れて来たのよ。あの、佐伯久恵って子の友だちで、お金を欲しがってたのを、永田が耳にしていたのね」

「なぜ永田を刺したの？」

と言って、亜由美は肯いた。「そうか。何もかも、永田のせいにするつもりだったのね。私がここに来るのを知っていて、永田を先に入らせ、私を助けるふりをして、永田を殺す。——そしてこの写真を、この部屋のどこかへ隠しておけば、恐喝は、全部永田一人でやったことだと思われる……」

「あの人は、もうだめだったのよ。気が弱くて、いつボロを出すか分らなかった」

「尾田珠子を、永田に殺させたのね！」

「あなたのことを、電話で知らせて来たのよ。しかも、手帳を落としたというから、あなたはいずれ突き止める。——永田に言って殺させたわ」

「ひどいことを――」

「お互い様よ」

「お互い？」

亜由美は、目を見開いて、「じゃ、永田照美を殺したのは……」

「私。こう見えても力はあるのよ。男に殺されたと見せかけるために、気を失ったのを、わざわざバスルームへ運んでから殺したわ」

「永田に頼まれて？」

「佐伯久恵と結婚したがっていたからね。絶対に大丈夫なアリバイがあるときを選んで、私が照美をおびき出したの。浮気相手の男性の名前を使ってね。――ホテルから、照美は電話をかけていたのよ。興信所へね」

「じゃ、久恵の名前のメモは――」

「そのメモだったの。気が付いたから、破り取って来たけど。――さあ、あなたにも、死んでもらうわ。永田が殺したことにするのは簡単ですものね」

と、常子が包丁を握り直す。

「――そうはいかない」

男の声がした。「包丁を捨てろ！」

亜由美は目を丸くした。

「茂木さん！」

「君は全く、危いことばっかりやる人だ！」

拳銃を構えて、茂木は首を振った。「ゆっくり入院もしていられないよ」

安井常子が、青ざめた顔で、包丁を足下に落とした。

「それからね――」

と、茂木が言った。「永田は、下の花壇に落ちたんだ。重傷だが、死んじゃいない。何でもしゃべってくれるだろう」

安井常子が、力を失って、その場に座り込《こ》んだ。

「ワン」

と、ドン・ファンが鳴いた。


「ともかく無事で良かった」

と、殿永が言った。

「ええ……」

亜由美は、病院の廊下を歩きながら、「でも――久恵、やっぱり可哀そうだったわ」

「そうですな」

久恵は、永田のことが分っていたのである。気の弱い男で、追い詰められると逆上するということ。

「永田が奥さんを殺す気でいるのを感じて、久恵は、自分が命を絶ってしまったんです。まさか同じ夜に、永田が奥さんを安井常子に殺させていたとは思ってもみないで」

「いかにも――」

「ええ。いかにも久恵らしいやり方です。他人を犠牲にするより、自分が犠牲になる方を、選んだんです」

「あなたの友だちですね、やはり」

「私の……。でも、私なら、きっとそうはしませんわ」

亜由美は、手にした花束を、殿永へ手渡して、「これ、茂木さんにあげて下さい」

「ご自分で渡していただいた方が……」

「とても、ハッピーエンドとはいえませんもの、この事件。――早く忘れたいんです」

「分りました」

殿永は微笑んで、花束を受け取った。「私への花束でなくて残念です」

「それはこの次の事件のときに」

亜由美の言葉に、殿永は、

「まだ、何かやる気ですか？」

と、目をむいた。

花嫁に捧げる子守歌

1　愛と涙

この人なら――。

――何を今どき、と笑われるかもしれないわ、と須田裕子《すだひろこ》は思った。

でも、他の人がどう思ったたって、そんなこと関係ない。そうじゃない？　恋って、彼と彼女と、二人きりのものなんだから。

「――いいのかい？」

と、彼が言ったとき、須田裕子が、

「うん」

と、はっきり肯いたのは、決してこういうホテルへ入り慣れてるからじゃなかった。

いや、慣れてるどころか、何人かの大学の友だちとは違って、裕子はラブ・ホテルなんて、入ったこともない。彼だって、それは分ってくれている、と裕子は信じた。

正直なところ、裕子は男とそういう関係になったこともないのだった。

確かに、「大丈夫なの、その人？」と友だちに冷やかし半分、訊《き》かれたら、裕子だって、絶対に信用できる、とは答えられない。

しばらく付合ってはいるものの、裕子は大内和男《おおうちかずお》のことを、そんなに詳しく知っているわけではなかった。でも、恋人を信じるのに、いちいち相手の身許調査までしなくちゃいけないというのでは、あまりに寂しいじゃないの。

恋は盲目。そうかもしれない。でも、それだって構わないじゃないの。その「盲目」に、責任が取れれば、それでいいはずだ。

「本当に？」

と、大内和男が念を押したとき、だから、裕子は、

「うん」

と、もう一度肯いたのだった……。

――ごく自然な流れだったのだ。

今夜は、二人とも、とても優しい気持になっていて――時にはムッとして口もきかないデートもあったのだけれど――夜も、涼しくて、ぶらぶらと歩きたいような夜で、ちょっといいムードになったときに、二人は暗がりにいて、キスしても、幸いギョーザを食べてはいなかったので匂いもせず……。ま、そんなことはどうでもいい。

ともかく、二人ともこんな夜は、まず滅多に来ないだろうと感じていた。そして、二人が辿った道の先に、小さなホテルのネオンが光っていたのだった。

二人は中へ入り、何に妨げられることもなく……。

――須田裕子は、ある私立大学の文学部に通っている。二十一歳。そうパッと目立

つ娘ではないが、大体、着るもの、身につけるものの趣味が地味で、いつも友だちの塚川亜由美からは、

「もっと派手にしなさいよ！」

と、ハッパをかけられている。

でも──だめなのだ。人間、生れつき、というものがある。

裕子は、なまじ目立ったりすると、落ちつかないのである。それこそ、いるかいないか分らないというのが、裕子の役回りであって、裕子自身も、それで満足していたのだった。

大内和男は、裕子の通う大学の大学院にいる。二十四歳になるが、他の大学を出てから、また裕子の大学へ入り直したりしているので、まだ博士課程の途中である。

多少、年齢がいっているというせいばかりでもなく、大内は口数も少なく、少し変ったところがあった。といって、陰気というのでもない。

ゼミ仲間で飲んだりしたときには、とても人なつっこい笑顔を見せることもあって、裕子が魅かれたのも、彼のそんな所だったのだが、それでもいつも控え目にしているという印象は、変らなかった。

二十四歳といえば、女子高生辺りから見れば「年寄り」かもしれないが、一般的には、まだまだ若い。しかし、大内には不思議な「落ちつき」が具わっていた。

どこか、人生を達観してしまったような、老成した感じがあったのだ。

それがどこから来たものなのか、裕子は知らなかったし、また、知りたいとも思わなかった。

「――結婚しよう」

結ばれたベッドの中で、大内が言ったとき、裕子は、胸をときめかせた。

「でも――」

「君はいやなの？」

「そんなことない！　だけど――もしあなたが、私に悪いと思って……」

「そうじゃないよ。本当に、ずっとそばにいたいと思うからさ」

裕子は、大内にしがみついて、赤らんだ頰を、その肩に押し付けた……。

――ホテルを二人が出たのは、もう夜中の十二時近く。

「雨でも降りそうだな」

ホテルを出たところで足を止めて、大内は空を見上げた。

「心は快晴よ」

と、裕子は言って笑った。

「僕もだ」

二人が顔を寄せ、軽く唇を触れ合った。

そのときだった。まるで雷でも光ったかのように、パッと青白い光が二人に浴びせられていた。

「キャッ！」

と、裕子が身を縮めたところへ、もう一度――。

写真を撮られたのだ。カメラを手に、肩から重そうなバッグを下げた男が、立っていた。

「やった！」

と、そのカメラを持った男が言った。「もう何日も追い回してたんだよ」

「おい！　何だっていうんだ！」

大内が青ざめた顔で、カメラマンの方へ進み出る。「何のつもりだ！」

「おっと――」

カメラマンは、あわててカメラをかかえこむと、「そう怒らなくたって。『愛と涙の日々』のヒーロー、その後、っていやあ、高く売れるんだから」

「貴様――」

大内が顔色を変えて、カメラマンにつかみかかろうとした。裕子は反射的に、

「やめて、和男さん！」

と、大内に飛びつくように抱き止める。

「ワッ！」

カメラマンは泡を食って駆けて行き、たちまち見えなくなってしまう。

「畜生！」

大内は、拳を固めて、怒りで体を震わせていた。「畜生！」

「和男さん……。何なの、今の人？　どういうことなの？」

裕子は、ただ呆然《ぼうぜん》としているばかりだった……。


「『愛と涙の日々』か……」

塚川亜由美は、首を振って、その写真週刊誌を閉じた。

「どうしたらいいの、私？」

途方に暮れて、裕子は呟《つぶや》いた。

「気の毒ねえ。――もう、みんな忘れかけてるでしょうに」

亜由美は、ペラペラのパンフレットみたいな、その写真週刊誌を指で叩《たた》いて、「本当に大きなお世話だわね」

「クゥーン」

「ドン・ファン。お前もそう思う？」

――ここは塚川亜由美の部屋。亜由美のわきに座っている茶色くて長いのは、本物の(?)ダックスフントである。

この犬、「ドン・ファン」という名の通り、女の子が大好きという変り種で、本人は犬だと思っていない様子である。

「——両親はカンカンよ」

と、須田裕子はため息をついた。「私だって、和男さんだって、もう子供じゃないのに。でも、これで結婚するなんて言ったら、それこそ、大騒ぎになるわ」

亜由美は、もう一度、そのページを開いた。——裕子が、大内和男と、ホテルの前でキスしている写真。写真を撮られて、ハッとカメラの方を向いている写真……。

二人の顔が、見間違いようのないほど、はっきりと写っている。

「じゃ、裕子、大内さんが、あの人だってこと、全然知らなかったのね?」

「ええ、まるきり。——亜由美は?」

「私だって。もう七年も前のことじゃない。そんなことがあった、ってことは憶えてるけど、その人の名前まで、知りやしないわよ」

「本当にねえ」

と、裕子は、またため息をついて、「どうして、そっとしておいてくれないのかしら」

「——『愛と涙の日々』っていえば、みんな、まだ思い出すわよね。もちろん、こう書いてあるからだけど」

と、亜由美は言って、「で、裕子、どうしたいわけ？」

「私、和男さんと結婚したい」

と、裕子は言った。

「うん、そりゃ分ってる」

亜由美とて、裕子とは短くない付合いである。裕子が、「ちょっと気が合った」くらいで男とホテルへ行く類の子でないことは、よく分っていた。

「でも、私に何かできること、あるかしら」

と、亜由美は言った。

「それでね、今日は――」

と、裕子が言いかけたとき、亜由美の部屋のドアが開いて、

「亜由美――」

と、母親の清美が顔を出す。

「お母さん、ノックぐらいしてから入って来てよ」

と、亜由美が顔をしかめても、清美はオットリと、

「そりゃ、男の子と二人でいるのなら、ノックするわよ」

と、変なところでニヤニヤして、「それとも、あなた、女の子の方が好みなの？」

「変なこと言わないでよ」

と、亜由美は苦笑いした。「何か用なの？」

「用って——誰が？」

「お母さんの方が入って来たんじゃないの」

「そうだった？」

これだからね、と亜由美はため息をついた。どうしてこうもまあ変人の母親を持っちゃったんだろう？

——もっとも、周囲からは亜由美と清美、「似た者親子」と見られていないでもなかったのだが。

「ああ、思い出したわ」

と、清美は手を打った。「お二人に紅茶をいれたんだった」

「どこにあるの？」

「下に忘れて来ちゃったわ」

これでは怒るに怒れない。——すると、急に清美の後ろから、ヒョイと男の顔が覗《のぞ》いたので、亜由美は仰天した。

「和男さん！」

裕子が、ホッとしたように言った。

「ああ、そうだ」

と、清美はまた手を打った。「お客様がいらしてたんだわ」

亜由美は、自分の親ながら、本当に珍しい人だと思わないわけにはいかなかった……。

「愛と涙の日々」。——それは十七歳で、不治の病に倒《たお》れ、儚《はかな》い命を散らした女子高生と、その恋人との、交換日記である。

二人の交換日記は、少女が入院したその日から、死の直前、意識が、半ば薄れかけていたころまで続けられた。

娘の死後、たまたま父親の親友で、出版社に勤めていた男が、この日記を目にし、本にすることをすすめたのである。——両親は、娘の生前の姿が、活字と写真とで残れば、少しでも気持が慰められると思ったのだろう、その申し出に同意した。

「愛と涙の日々」という、あまりにセンチメンタルなタイトルになったことを、本が出来上るまで、両親は知らなかった……。

この本が、TVで取り上げられ、評判になったところへ、映画化の話が来た。娘の両親は戸惑うばかりだったが、「企業」の勢いの前には、それを拒むことはできなかったのである。

映画が大ヒットし、娘を演じたアイドルスター（なぜか丸々と太っていて、とても病人とは思えなかった）の歌う主題歌も、売れに売れた。その騒ぎは、一年たって、TVドラマ化の時点で再びくり返されたのである。

「――悪夢だったよ、あれは」

と、大内和男は言った。

「ずいぶん、マスコミにも引っ張り出されたんでしょう？」

と、亜由美は訊いた。

そう。――その「愛と涙の日々」の、ヒロインの恋人が、大内和男だったのだ。

「いや、僕は出ていない」

と、大内は首を振った。

「そうだったかしら？」

「ほらね。塚川君だって、そう思っているんだ。――いや、これは文句を言っているんじゃないよ。そりゃ、週刊誌やスポーツ新聞が、勝手に僕の写真を撮って、載せたりしたことはあった。マイクを突きつけられて、『彼女の思い出を一言』なんてやられたことも、数えきれないくらいある」

「やり切れないわね」

「全くね。僕には言うべきことなんて、一つもなかった。彼女は死んでしまったんだし、その思い出は、そっと取っておきたかった……。でも、そんなときに、何も返事をしないでいると、『謝礼を払わないとしゃべらないんだ』なんて言われた」

「ひどい！」

裕子が言った。「私だったら、ぶん殴っちゃう！」

「怒っちゃ負けなのさ、ああいう連中には」

と、大内は、首を振って、「向うは、こっちがカッとなるのを待っているんだ」

「そうよ」

と、亜由美は肯いて、「この写真のときだって、大内さんがカメラマンを殴ったりしていたら、それこそ週刊誌なんかに書き立てられたでしょうね」

「しかしね」

と、大内はやり切れない様子で、「七年前のあの騒ぎで、一番辛かったのは、茂原《しげはら》さんの一家と気まずくなってしまったことだよ」

「茂原さんって――その、亡くなった娘さんの――」

「うん。彼女は茂原聖美《きよみ》、といったんだ。そこにも載ってるだろう？」

「じゃ、彼女のご両親と？」

「もともと、娘の恋人に、いい感情なんか持たないさ。そうだろう？　ただ、彼女の命が長くないと分って、僕に会うと彼女の気分が慰められたので、会わせてくれていたんだ」

なるほど、親の心理としては、そうなるかもしれない。

「でも、交換日記というのは本当だったんでしょ?」

「もちろんさ。でも、ご両親の前じゃ、あんまり好きなことしゃべれないだろ。だから、あんな形になったんだよ。ただ――僕は全然だめだけど、聖美は文才があって、中学生のころから、詩や小説を書いていたんだ。本になるとき、僕の書いたところは、編集した人が手を入れてたんだよ」

と、大内は苦笑した。

「それで、どうしてその――聖美さんのご両親と気まずくなったの?」

「お互い、マスコミに追い回されて、苛々してたのさ。おまけに、夜中にも電話がかかって来る。――誰からかは分らない。出ると、『死んだ恋人をだしにして、いくら儲《もう》けたんだ』と言って切ってしまったりね。たぶん、茂原さんの所も同じだったろう」

「いやな話ね……」

「その内、僕が映画化の権利料を五百万よこせと請求したっていう記事が週刊誌に載った。もちろん、そんなこと、僕は知りやしない。ところが、それを真に受けて、茂原さんが僕の所へ怒鳴り込んで来た。僕もカッとなって――。売り言葉に買い言葉だ。言ってはいけないことを言ってしまった」

「――何なの、それ？」

と、裕子が訊くと、大内は、目をそらしながら、

「本の印税を、僕は一円ももらってませんがね、と言ってしまったんだ」

大内は、ゆっくりと首を振った。「――僕は後で泣いたよ。自分があんまり情けなくってね。そして、東京を離れたんだ。もともと、九州から上京して、親類の所にいたから、どこへ行くにも気は楽だった……」

「そして、何年もたって――また、誰かが、過去をほじくり返したわけね」

と、亜由美は、ドン・ファンの頭を撫《な》でながら、「だけど――放っとくしかないんじゃない？　言いたい人には言わせとくのよ。その内、また忘れるわ」

「僕もね、そのつもりだった」

「――だった？」

「この写真が出て、インタビューの申し込みが五つ、TVの出演依頼が三つ来たよ。そんなのは放っとけばいい。だけど――こいつが気になってね」

大内は、ポケットから、封筒らしいものを出した。

「手紙？」

「うん。――見てくれ」

亜由美は、中から、手紙を抜き出して、広げた。――定規で引いたような、筆跡の

分らない字で、〈茂原聖美を忘れたのか。お前の恋人に、天罰が下るぞ〉とあった。

「私のことね」

裕子が、少し青ざめた。しかし、キュッと唇を結んで、その手紙を手に取ると、

「こんなもの、いたずらよ！」

と、破こうとする。

「待てよ」

大内がそれを止めて、「気持は分るけど、誰が出したか、調べる手がかりだ」

「どうせ、どこかの変な人よ」

「いや、これは郵便できたんじゃない。大学の研究室に――僕の机の中に入れてあったんだ」

「それじゃ、誰か、大内さんの身近にいる人なのね」

亜由美は座り直した。「それじゃ、放っとけないわ。もし、本当に裕子が狙われるようなことになったら――」

「僕もそれが心配なんだ」

大内は肯いた。「なあ、塚川君、力を貸してくれないか」

「私が？」

と、亜由美は訊き直したが、そこへドアが開いて、また母親の清美が顔を出す。

「お母さん！　ノックしてって言ったじゃないの」

「あら、そうだったわね」

と、清美は、開けたドアをトントン、と叩いた。「亜由美、どうして電話に出ないの？」

「電話？　電話って何よ？」

「あら、私、呼びに来なかった？」

亜由美は絶望的な気分になった。

「いいわ。誰から？」

「ほら、あの面白い刑事さん」

「殿永さんから？」

亜由美は、ちょっと目を見開いて、それから、裕子と大内の方を振《ふ》り向いた。「ねえ、いい相談相手が見付かるかもしれないわよ」

2　実像と虚像

「じゃあね」

「バイバイ」

大学の校門を出て、左右に別れて行く、二人の女子学生。

一人は、メガネをかけて、少々太目の体をのんびりと運んでいる。こちらは差し当り物語と関係ないので、「バイバイ」ということにして、さて、もう一人の女子学生。

小柄で、セーラー服を着れば、まだ高一ぐらいで通用しそうだ。しかし、服装の方は至って地味で、三十代の主婦、という感じ。そのアンバランスが、却ってこの娘を目立たせている。

足早に歩いて行くのも、別に急ぎの用があるというわけではなく、それがこの娘の自然なテンポなのだろう。そう思わせる、きびきびした印象が、この娘にはあった。

と――娘は、突然、誰かが、自分と並んで歩いているのに気付いた。足が短いので、必死でチョコチョコと動かしてついて来る。

「まあ、何してるの？」

娘は微笑んで、足取りを緩めた。「お前、どこから来たの？」

もちろん、本気で訊いたのではない。もしこのダックスフントが返事をしたら、それこそ大変である。

「クゥーン」

と、その犬が、少々甘ったれたような声を出す。

「可愛いわね、お前」

娘が足を止め、かかえ込むと、待ってましたとばかりにペロペロとその手をなめるので、

「――いや！　くすぐったいよ！」

娘がキャッキャッと笑い声を上げる。

「失礼」

と、言ったのは、もちろんダックスフントではなかった。

「え？」

娘は振り向いた。どうやら同じ大学の先輩らしい女性……。

「中原秀美《なかはらひでみ》さん？」

と、その女性が訊く。

「ええ……」

少し不安そうに、娘は立ち上る。「あなたは――」

「私、塚川亜由美」

「大学の……」

「ええ、二年ほど先輩」

と、亜由美は肯いた。「その犬、私の犬なの」

「まあ、そうですか！」

と、中原秀美は笑顔になって、「名前、何てついてるんですか?」

「ドン・ファンよ」

「ドン・ファン?」

と、中原秀美は目を丸くして、「へえ。犬にしちゃ、変った名前ですね。でも、そう言われてみると、二枚目だわ」

「ワン」

珍しく、ドン・ファンが犬らしい（?）声を出した。

「で——私に何かご用ですか?」

と、秀美は訊いた。

「ちょっとお話したいんだけど。——お急ぎ?」

「いいえ。じゃあ……」

「そこの〈ララバイ〉なんて、どう?」

ケーキがおいしいので、ここの女子大生の間では人気のある店だった。

「ええ、いいですわ。私、あそこのレモンパイが大好き」

「そう。私、キリッシュが好きなの」

二人は、笑顔を見交わして、歩き出した。

――店は、同じ大学の女子学生たちで、にぎわっている。しかし、ドン・ファンは入るわけにいかず、店の表で留守番（？）ということになり、不服そうだった。

ドン・ファンにしてみれば、自分が人間と同等であるという自負心があるだろうから、これは全く不当な差別なのである。

「あなたにとっては、ちょっと不愉快な話かもしれないの」

と、亜由美は、アイスティーを飲みながら言った。

「――というと？」

「私、須田裕子の友だちなの」

「須田……？」

秀美は、戸惑った顔になった。

「知らない？」

「ええ。――大学の方ですか」

「そう。私と同期の二十一歳。大学院にいる、大内和男さんの恋人よ」

秀美の顔が、サッとこわばった。――固く口を閉じて、不信感を露わにした目で、亜由美を見つめる。

「――あなた、中原秀美じゃなくて、本当は茂原秀美というんでしょ？」

秀美は、亜由美に横顔を見せて、

「分ってるのなら、訊かなくたっていいじゃありませんか」

と言った。

「なぜ、中原って名前にしたの？」

「あなたの知ったことじゃないわ」

と、はねつける。

「それがそういうわけにもいかないのよ」

「あなたも、週刊誌に記事を売り込みたいの？　それとも、大学生っていうのがそもそもでたらめなの？」

「あなたを騙《だま》すつもりなら、こんなことを正直に話さないわよ。そうでしょ？」

亜由美は穏やかに言った。

食ってかかっていた秀美は、肩すかしを食った様子で、

「でも――私の本当の名前を、どうして――」

「調べてくれた人がいるの。でも、それがマスコミに洩《も》れる心配は全くないわ」

「信じろって言うの？――冗談じゃないわ。散々、マスコミに騙され続けて来たのよ」

秀美は、自分の声が、つい大きくなっているのに気付いて、ハッとしたように周囲を見回した。

「大丈夫よ。みんな自分たちの話に夢中だから」

亜由美はのんびりと言って、「ケーキ、食べない？」

と、付け加えた。

二人とも、飲みものしか注文していなかったのだ。

秀美は、亜由美をしばらくにらんでいたが、やがて、フッと肩の力を抜いた。

「――分ったわ。あなたはどうやら本当のことを言ってるみたい」

「認めてくれて嬉《うれ》しいわ。じゃ、ケーキを頼みましょ。レモンパイ、なくなりそうだったわよ」

――ケーキを食べ始めて、やっと二人の会話は順調になったようだ。

「ええ、あの写真は見ました」

と、秀美が肯いた。「でも、別にどうってことなかったわ。だって、姉が死んだのは、七年も前のことだもの。私は十二歳。小学生だったの」

「大内さんのことは憶えてる？」

「ええ。何だか野暮ったくて、でも、いい人だったわ」

「今、大内さんが大学にいるのは知っていたの？」

「ええ。当人、隠してるつもりかもしれないけど、噂《うわさ》にはなってるんですよ」

「あら、私、知らなかったわ」

亜由美は少々傷ついた。

「友だちに凄い情報通がいるんです」

「あなたが中原と名乗ってるのは……」

「両親が心配したんです。——あの騒ぎがあって、私はちょうど中学へ入るときだったでしょう。変に好奇の目で見られちゃ可哀そうだって。それで、親戚の養子にしてもらって、姓を変えたんです」

「そうだったの」

「今ぐらいの年齢になれば、どうってことないけど、やっぱり中学生のころって、傷つきやすいですからね」

「分るわ」

亜由美は、肯いて、「実はね——」

と、大内の、研究室の机に、〈恋人に天罰が下る〉という脅迫状が入っていたことを話してやると、

「そんなことがあったんですか」

と、秀美は目を丸くした。

「それで、私としても、裕子の身が心配でね。ある人に頼んで、亡くなった茂原聖美さんと関係のあった人のことを調べてもらったの」

ある人、とは、もちろん殿永刑事のことである。

「それで私を……。じゃ、私がその脅迫状を書いたと思ったんですか？」

「いえ——まあ、でも、そんなところかしらね」

と、亜由美は正直に言った。

秀美は、さして怒った様子もなく、

「私、今は自分のことで手一杯です。七年も前に死んだ人のために、そんなことまでやれませんわ」

と言った。

淡々とした口調は、嘘《うそ》とも思えなかった。しかし、もちろん、これが巧みな演技だということもあり得るのだ。

「そう、安心したわ、そう聞いて。——気を悪くしたかもしれないけど」

「いいえ、そんなことありません」

と、秀美は首を振った。「でも、いやなことをする人がいるんですね」

「ともかく、誰かがやったには違いないのよ。大学の中のことをある程度知っている人がね。――誰か、心当りはない？」

「私に、ですか」

「亡くなった聖美さんのことを知っている人で、この大学にいる人。誰かいない？」

「さあ……」

秀美は、少し考えて、「思い当りませんけど」と答えた。

「そう……。じゃ、他を当ってみるしかないわね」

と、亜由美は言った。「ごめんなさい、妙なことで時間を取らせて」

「いいえ」

と、秀美は微笑んだ。「何か思い出したら、ご連絡しますわ」

「そうしてもらえる？」

亜由美は、電話番号をメモして、秀美に渡した。

「じゃ――」

秀美は、立ち上ろうとして、ふと店の入口の方を見た。「――あら、木村君」

亜由美が振り向くと、ちょっと細身の、背の高い若者が店に入って来たところだった。

「あ、秀美」

と、その若者は、面食らった様子で、「今日はクラブじゃなかったのか」

「中止になったのよ。木村君こそ、なあに、こんな店に、珍しいじゃない」

「うん……。俺、ここのケーキ、好きなんだよ」

木村、というその若者、少々照れくさそうに言った。――坊っちゃん育ちらしく、少し甘ったれたしゃべり方。

「いつも、私がケーキ食べると、『よくそんなもの食えるな』とか言うくせに！」

と、秀美は言った。「じゃ、食べれば？　私、じっと見ててあげる」

「おい、勘弁しろよ」

と、若者は苦笑いした。

「じゃ、私、お先に」

亜由美は伝票を取って、立ち上った。「――いいのよ、これは。私の用事なんだから、私、払うわ」

レジで支払いをしながら、亜由美はチラッと秀美の方を見た。木村という若者と楽しげにしゃべっている。

木村……。木村か。

そうだ。見たことがあると思ったら……。

仏文を教えている木村助教授の息子だ。一度、一緒のところを見かけたことがある。あの子のボーイフレンドだったのか。

「どうも」

と、おつりをもらって、それを財布に入れる。

店を出た亜由美は、ふてくされて（本当にそんな顔つきになるのだ）寝そべっているドン・ファンに、

「ごめんね。あとでシュークリームをあげるから、そう怒らないでよ」

フン、てな感じで、ドン・ファンはソッポを向いた。

「ほら、すねてないで！　行くわよ」

と、歩き出しながら、亜由美はガラス越しに、店の中を見た。

秀美と木村が互いに身を乗り出しながら、しゃべっている。そして――亜由美は、店のもっと奥の方の席で、一人座っている女の子に目を止めた。

同じ大学生だろうか？――印象からは、そう思えない。

年齢はたぶん十七、八だろうが、服装や、持ち物が、どこか大人びている。

そしてその女の子は、じっと、秀美と木村の方を見つめていたのだ。その視線は、いかにも暗い情熱を感じさせ、冷たい輝きの奥に、憎しみの火を垣間見せていた。

そうか。――秀美は気付かなかったが、木村という若者、本当は、あの奥の席の女

の子と待ち合せていたのだ。

ところが、思いがけず、秀美がそこに来ていた……。

木村は、あの女の子の方を、無視してしまっているのだ。

亜由美は腹が立った。中へ戻って、言ってやろうかと思ったが、しかし、それこそ、「大きなお世話」かもしれない。

そう思い直すと、亜由美は、

「さ、行くわよ」

と、ドン・ファンを促して、歩き出したのだった……。


「あら、亜由美、知らなかったの?」

神田聡子《かんださとこ》にそう言われて、亜由美は大ショックであった。

「じゃ聡子――知ってたの、大内さんのこと?」

と、つい念を押す。

「もちろんよ。誰だって知ってるわ。今ごろそんなこと言ってるの、亜由美ぐらいじゃない?」

亜由美は絶句した。

聡子は、高校時代からの親友だが、亜由美に比べればずっとおとなしい性格で、もちろん、野次馬根性もないではないが、亜由美には遥《はる》かに及ばないのである。

それが――亜由美の知らなかったことを聡子が当然のように知っている、となると、亜由美としては立場がないのだった。

学生食堂での昼食に、ラーメンを食べていた亜由美は、それ以上食べられなかった。

――なぜなら、もうきれいに食べてしまっていたからである……。

聡子が、少し間を置いてから、

「フフ、本気にして！」

と、笑い出した。

「聡子！　私のことを――」

頭に来た亜由美がいつも言ってることを、私が言ってみただけじゃない」

「亜由美がいつも言ってることを、私が言ってみただけじゃない」

と、聡子は澄まして言った。

亜由美も、グッと詰って、

「そりゃまあ――そうかな」

「でも、私が知ってたのは事実よ。他の人はともかくね」

「聡子、誰から聞いたの？」

「本人」

「──誰ですって？」

「本人よ。大内さん」

「聡子どうして──大内さんのこと、知ってるの？」

「誘われたこと、あるんだもの」

──また、亜由美はショックを受けた。

「大内さんに？　いつのことよ、それ」

「去年かな。クリスマスのパーティだったわ」

「一緒だったじゃない、私も」

「それじゃないわ。だって、色んなグループでやるでしょ、毎日のように。──そのときに大内さんが来てたのよ」

唐突ながら、聡子はカレーライスを食べていた。「で、パーティの後、飲み直そう、って言われて」

「へえ。で、どうしたの？」

聡子は肩をすくめた。

「あんな男、お断りよ」

亜由美は面食らった。

「どうして？」

「訊きもしないのに、自分からしゃべったのよ、あの『愛と涙の日々』の高校生が僕だなんて」

「大内さんが自分から？」

「そう。私、腹が立ったわ。同情を引いて女の子を引っかけようなんて、最低だわ！」

こりゃ大分イメージが違うじゃないの。

亜由美は少々焦った。裕子は心底、大内が誠実な男だと信じているのに。

「じゃ、聡子が振ったわけね」

「まあね。私にも選ぶ権利はあるもの」

いつになく威勢がいい。「でも、私だって良識ってものを持ち合せてるからね。それは他人には話さなかったわ。亜由美にもね」

「私ぐらいには話してくれても良かったじゃないの」

と、亜由美は恨めしそうに言った。

「ともかく、あの人は、悲劇のヒーローを気取りたがってるのよ。あんな写真が出て、また注目されて満足してんじゃない、きっと」

これじゃ、一八〇度、発想を転換しなくちゃならない。

亜由美は、ため息をついた。

「それにしても、今ごろ、あんな古い話を掘り返すなんて、物好きな人もいるもんね」

と、聡子は言って、「――亜由美、コーヒー飲む？　持って来ようか」

「お願い。――参ったなあ」

と、後の方は独り言。

そう言えば、聡子の言うように、あの写真を撮ったカメラマンは、一体なぜ大内を尾け回していたんだろう？

自分で考えついたのか、それとも、編集部の依頼だったのか。

これは当ってみる必要があるのかもしれない、と亜由美は思った。

「――亜由美」

と、コーヒーの紙コップを手に、聡子がやって来ると、「何だか、誰か騒いでたわよ」

「ライオンでも出たの？」

「どうしてライオンが大学に出るの？」

「いいのよ。何だって？」

「誰だかが刺された、って」

「刺された？　蚊か蜂に？」

「それぐらいで大騒ぎしないんじゃない？　刃物で女の子が刺されたんだって」

救急車のサイレンが、聞こえて来た。――亜由美は、

「行ってみよう」

と、聡子を誘って、早くも歩き出していた。

「ちょっと！――亜由美！　このコーヒーどうするのよ！」

紙コップを両手に、聡子はあわてて駆《か》け出した。

3　過去の血

秀美は、一人でピアノを叩いていた。

弾いていた、と言いたいところだが、それほどの腕前じゃない。

でも——どうしてこんな所にピアノがあるのかしら？

いつも、ここへ来る度に、秀美は首をひねるのだった。

お昼休み。大学の会議室の一つ。ここにピアノが置いてあるのだ。

講堂にグランドピアノがある、というのは分る。一応、入学式や卒業式で使うことがあるからだ。

でも、こんな会議室に……。

たぶん、講堂のピアノを買い替えたとき、古いのを、捨てるのももったいないと、空いていたこの部屋へ一旦移して、それきりなのだろう。

時々、秀美はこの部屋へ来て、ピアノを弾く。いや、叩く。

ふっと寂しくなるとき。いやなことがあったとき。そして、昔のことを思い出したとき……。

「お姉さん……」

と、秀美は呟いてみる。

いや、本当は、「お姉ちゃん」と呼んでいたのだ。何しろ、姉、聖美が死んだとき、秀美は十二歳だったのだから。

秀美は、姉が死んで、泣いた記憶はなかった。もちろん両親は泣いたし、あの大内も泣いた。

でも、秀美は泣かなかった。――姉がもう長くないということは、大分前から分っていたし、その前後のあわただしさで、ただ疲れていたからだ。

――コトン、と音がして、秀美は、振り向いた。

誰かいるのだろうか？　しかし、別にそんな様子でもない。

秀美は、肩をすくめて、またピアノのキーを叩いた。

姉さんは、ピアノが上手だった。

だって、三歳のときから、ずっと習っていて、先生も、とても有名な人だったから。

もちろん、小さいころに始めて、有名な先生につけば、誰でも上手になるってものじゃないだろうが。

姉に比べると――秀美は至って無器用だった。何をやってもうまくできない。

お姉ちゃんがやってるんだから。そう言って、ピアノを習わせてもらったが、ちっとも上達せず、秀美自身もいやになり、親の方も諦めてしまった。

大体、何事によらず、両親は、姉の聖美に大きな期待をかけていたし、また聖美はそれに充分応えていたのだった。

そう。——十二歳の秀美は、姉のことを、少しねたんでいたし、何かというと、お姉ちゃんの方ばかりが目立つので、面白くなかった。

姉が死んだとき、秀美は、そっと心の中で言ったものだ。——狡《ずる》いよ、お姉ちゃん、と……。

お互いに、もっともっと大きくなれば聖美は結構平凡な結婚をして、普通の奥さんになり、秀美の方は、何かパッと目立つ子になって、有名になっていたかもしれないのに。

でも、聖美は死んでしまった。一番美しい時期に、その輝きを遺したままで、いなくなってしまった。

おかげで私、いつになっても、お姉ちゃんにはかなわない。

もちろん、今となっては、秀美は姉の苦しみと、それに堪えて、最後まであのチャーミングな笑顔を絶やさなかったことの凄さが——それがどんなに苦しいことだったかが、よく分る。それを考えただけで涙が出て来るくらいだ。

でも、十二歳の秀美には、そこまでは分らなかった。そして、そのとき、姉を恨んだという思いは、今も秀美の中に、重く、罪悪感となって残っている。

——コツ、コツ。

足音がした。秀美は、ふと微笑んだ。

木村君だわ。きっと、そう。あれでも足音をたてないようにしてるつもりなんだ。

そっと近付いて来て、「ワッ!」とおどかすつもりなんだろう。いいわ。気付かないふりをしてやろう。

コツ、コツ、コツ……。

足音は、秀美の背後に回って来た。——これでも足音を忍ばせてるつもりなのかしら?

秀美はおかしくなって、笑い出しながら、

「何の用なの?」

と、振り向きかけた。

と——突然、鋭い痛みが脇腹に走った。サッと血がほとばしって、ピアノの白鍵の上に散った。

相手の顔を見る間もない。タタタッと足音が出口の方へ。

秀美は、立ち上ろうとして、よろけた。急に激しいめまいを感じた。

何があったの? どうしたっていうの?

痛む所を手で押えると、ヌルッと滑った。血だ! 血が——でも——どうしてこんなことが——。

「誰か……」

と、歩き出そうとして、そのままクルリと回ると、ピアノの鍵盤に体を叩きつけるようにして倒れた。

ガーン、とピアノが鳴った。——これが、秀美の命を救ったのだ。

ちょうど、この会議室の前を通りかかった男の学生が、

「何やってやがんだ？」

と、ドアを開けて覗《のぞ》き込んだのである。

机の陰になって、初め、倒れている秀美の姿は見えなかった。肩をすくめて、そのままドアを閉めようとしたとき、白い足がチラッと目に入った。

この男子学生、もしかすると、誰かが中でラブシーンを演じているのかもしれないと思ったのだった。

ちょいと覗いてやれ。——と、足音がしないようにそっとピアノの方へ進んで行って……。

会議室を出て来たときは、真青になり、膝がガクガク震えていたというのは、少々情ない話である……。

「どうもねえ」

と、殿永刑事が首を振った。

亜由美はカチンと来て、

「じゃ、私のせいだって言うんですか? ええ、どうせ私は疫病神ですよ」

とふくれた。

殿永は苦笑して、

「誰もあなたのせいだなんて言っていませんよ」

「そういう顔をしてます」

「生れつきでしてね、この顔は。たまには取り換えられるといいんですが」

と、殿永は真面目な顔で言った。

ここは、中原秀美の刺された現場である。――もちろん、学生がワンサと押しかけているが、会議室の中へ入れたのは、亜由美と聡子のみ。

「でも、秀美さん、大丈夫なのかしら?」

と、聡子が心配している。

「今、病院の方から連絡があったところでは、何とか命は取り止めそうだということです」

「良かった!」

亜由美は、ホッと息をついてから、「でも分らないわ。どうして――」

「あなたの近くで、よく事件が起りますね」

と殿永が言うと、またカチンと来て、

「どうせ私のせいだと――」

「いや、そうじゃありませんよ」

殿永は遮った。「あなたが首を突っ込みたがる状況で起るからです。あなたにとって、危険だと思って言ってるんですよ」

「私のことなんか、どうでもいいんです」

亜由美は、内心では、やっぱり刺されない方がいい（当り前だが）と思いつつ、言った。

「ただ、私が大内さんのことを彼女に訊いたのが原因で彼女が刺されたのかどうか、それが気になるんです」

「それは何とも言えませんね」

「そんなことはありませんよ、とか、気休めにでもおっしゃって下さればいいのに」

と、亜由美は恨めしげに殿永を見た。

「私は正直でしてね」

と、殿永は言った。「公務員は、嘘をついてはいけないのです」

「変なの」

と、聡子が、呆《あき》れたように言った。

「ただ、あなたが中原秀美と話をしたことを、誰が知っていたか、という問題がありますよ」

亜由美はハッとして、

「そうだわ！　もしかして――」

「どうしました？」

亜由美が思い出したのは、秀美と木村の二人を、暗い眼差しでじっと見つめていた女の子のことだった。

「いえ――何でもありません」

と、亜由美は首を振った。

「何かあるんでしょう」

「いえ、思い違いです」

殿永は、ため息をついて、

「頑固ですからな、あなたは」

「お互いさまです」

と、亜由美は言い返してやった。

——もちろん、殿永に、あの女の子のことを話しても良かったのだが、何だか、責任逃れのような気がして、いやだったのである。

「——ともかく、目撃者を当ってみましょう。あんまり期待できませんがね」

殿永の方も、やや諦めムードだった。

そう。お昼休みに、わざわざこんな所へ来る学生というのは、めったにいない。それだけ、秀美が早く発見され、一命を取り止めたのは、幸運だったとも言えるわけだ。

「中原秀美に恋人はいたのかな?」

と、殿永が言うと、聡子が、

「木村君だわ、それなら」

とすかさず言った。「木村重治君です。ここの助教授の息子さんですわ」

「木村、ね。——よし、当ってみましょう」

と、メモを取っていると、

「その必要はありません」

という声がした。「僕が木村です」

会議室を覗き込んでいる学生の一人だった。殿永が肯くと、見張っていた警官が、木村を中に入れた。

「——事件のことは聞きました」

「彼女のこと、心配だろうね」

「もちろんです。とても優しい子ですよ。人に恨まれるなんて、考えられない」

「しかし、実際に刺されているんだからね」

「分ってます」

「どんなにいい人間だって、恨まれることはあるよ。いい人だという、そのことが、憎しみの対象になることもあるんだからね」

殿永は、さりげなく、教訓めいたセリフを口にすると、「――どうだろう、彼女に敵はいなかった?」

と訊く。

「まさか――」

木村が、言いかけて、口をつぐんだ。

「まさか――何だね?」

「いえ……」

と、木村がためらっていると、

「おい、重治!」

と、声がして、堂々たる体格の木村助教授が、警官などまるきり無視して、入って来た。

「お父さん」

「こんな所で何をしているんだ」

「中原君が――」

「だからよせと言ったろう。変な女と係り合うと、ろくなことにはならん」

「彼女は変な女じゃないよ、お父さん」

「人に恨まれて殺されるなんてのは、当人もまともじゃないからだ」

と、断定的な口調で言うと、殿永の方を向いて、「あんたが担当の刑事かね」

「そうです。今、息子さんにお話を――」

「息子は何も知らんよ。親の私が良く知っている」

「しかし――」

「ともかく、これ以上、息子の繊細な神経を傷つけないでくれ。息子は、中学校時代、ノイローゼ気味になったこともあるんだ。もしこれ以上君が訊問をつづけたいのなら、こちらも弁護士を立てることにする」

殿永は、ため息をついた。

「――分りました。引き取っていただいて、結構です」

「当然だ」

と、父親の方は胸を張っているが、息子の方は、といえば、きまり悪そうにうつむいているばかり。それはそうだろう。

「もし、何か思い付いたことがあったら、連絡して下さい」

殿永は、明らかに、何か言いたげな木村重治の方へそう言った。しかし、父親に促されて、息子の方は、ただ黙って会議室を出て行く。

「甘えん坊なのね、要するに」

と、聡子が言った。

「それだけでしょうかね」

殿永の言葉に、亜由美は眉を寄せて、

「というと――何か？」

「あの父親の方ですよ」

「木村先生？」

「なぜか知らないが、何かに怯《おび》えている。そう思いませんか」

――そう。怯えか。言われてみて、亜由美も思い当る。

今の木村の高圧的な態度は、「弱い犬がキャンキャン吠《ほ》える」のと似ている。

何か、探られたくないことがあるのではないか。――亜由美は、そう思った。

「とんでもないことになったわ」

と、裕子は、深々とため息をついた。

「そう気落ちしないでよ」

亜由美は、裕子の肩を叩いて、「何も、秀美さんが刺されたのと、あなたたちのこと、関係あると決ったわけじゃないんだから」

「慰めてくれるのはありがたいけど……」

裕子は、沈み込んでいる。

大学のキャンパスには、もうほとんど人の姿がない。そろそろ夜の中に、校舎も何もが溶け込んで行く時間である。

「もう、帰ろうよ」

と、亜由美が促した。

「いいの。先に帰って」

「でも——」

「私、和男さんを待ってるから」

何のことはない。落ち込んでいても、しっかりデートはしようというわけだ。

「それならそうと言ってよ。心配して、損しちゃった」

亜由美の言葉に、裕子は、やっと笑顔を見せて、

「ごめん。別に隠してたわけじゃないのよ」

「そりゃ、今さら隠したってね」

「うん、そうなの」

裕子は肯いた。「いっそ、知れたのなら堂々と会おうって。その方がいい、と思ったの」

「その意気よ」

と、亜由美は微笑んだ。「事件の方は、私に任せといて。でも、あなたも、よく気を付けるのよ」

「大丈夫。和男さんがついててくれるわ」

「ごちそうさま」

と、亜由美はわざとシラケて見せた。

そこへ、

「おい！　遅れてごめん！」

と、声がして、大内和男が小走りにやって来るのが見えた。

「和男さん」

裕子は、自分から駆けて行って、大内の腕を取った。——前の裕子なら、決してこんなことはしなかっただろう。

却って、あの写真騒ぎが、裕子を女として大胆にしたのかもしれなかった。だとすればʼ、皮肉なものである。

「やあ、塚川君。今日は大変だったね」

もちろん、秀美が刺されたことを言っているのだ。

「本当ですね。いやだわ、あんなことが起るなんて」

と、亜由美は言った。「ねえ、大内さん、刺された子、知ってます？」

「中原――とかいうんだろ？　名前は聞いたけど、僕は知らないよ」

すると――と、亜由美は考えた――大内は、秀美が、かつての恋人の妹だというこ
とを、知らなかったのだろうか？

もちろん、女の子は、十二歳と十九歳では別人のように変るものだ。たとえ大学の
中で顔を合わせたとしても、秀美には大内のことが分ったかもしれないが、大内に秀
美のことは見分けられない。

何しろ同じような年代の女の子が何千人もいるのだから。

「これから、どうする？」

と、裕子が訊いた。

「そうだな。いっそぐっと目立つように、六本木《ろっぽんぎ》にでも出てみるか」

「そんなの変よ」

と、裕子は首を振って、「自然にやりましょう。私たちなりに、当り前に」

「そうだな」

と、大内は肯く。「塚川君も、一緒に食事でもしない？」

「いえ、結構です」

と、亜由美は言った。

恋人同士の二人と一緒にいて、どうしろってのよ。冗談じゃない！

「私もね、家で恋人が待ってますの」

と、亜由美は言った。

「あら、そうだったの？」

裕子は笑って、

「胴体の長い恋人がね」

「ああ、あのワンちゃんね。可愛いじゃないの」

どうせ私の恋人は犬ですよ、と少々すねて、

「じゃ、またね」

と、亜由美が歩きかけたときだった。

パッとフラッシュの光が亜由美に浴びせられた。呆然としていると、タタッと駆けて行く足音。

目がくらんで、姿は見えなかったが。

「――あのカメラマンだ！」

と、大内が言った。「しつこい奴だな、畜生！」

「でも――」

と、裕子が不思議そうに、「今、あの人、亜由美を撮ったみたいね。――亜由美も、何か過去があるの？」

「私の過去なんて、大したことないわよ」

と、亜由美は言った。「ちょいと殺人事件に係り合ったくらいのもんだわ」

4　黒い影

これが……。

やっと見付けて、裕子は、息をつきながら、持っていたお花を、墓の前に置いた。

風が少し強いので、お線香に火をつけるのは大変だったが、それでも何とかつけられた。

墓は、きれいに掃除されている。

よく晴れた、気持のいい日だった。

「今日は、ちょっと約束があるから……」

裕子は、ゆうべ大内と別れるとき、そう言っておいた。

ゆうべも、ホテルに泊ってしまった。――一度、そういう仲になってしまうと、拒むのはむずかしい。

裕子自身も、大内の胸に抱かれて、安らいでいたい、と思っていたから、つい甘えてしまうのだ。

時期を考えれば――特に、大内は知らないが、聖美の妹、秀美が重傷を負って入院しているときに、ホテルへ行くなんて、いくらかは、やはり気の咎《とが》めるところも、ないではなかった。

でも、それを大内には言えない。

だから、せめて……。大内は、そんな必要ないよ、と言っていたのだが、裕子はこうして茂原聖美のお墓に花を供えにやって来たのである。

裕子とて、現代っ子である。死後の魂などを信じているわけではないが、逆に、こうしてお墓参りをすることで、自分の気持がおさまるのなら、したっていいじゃないの、と考えていた。

裕子は、墓の前に膝を落として、両手を合わせ、目を閉じた。

もちろん裕子は、聖美を知っていたわけではない。しかし、長く、苦しい闘病生活を続けた、その勇気は、理解し、尊敬することができた。

裕子は、じっと目を閉じながら、頭の中からは、大内の顔を消していた。今は、裕子と聖美——二人だけが、相対していたのだ……。

風が抜けて行く。

ふと——裕子は人の気配を感じて、目を開いた。振り向くと、そこには誰もいない。

いや、しかし、どこかから見られているという、確信に近いものが、裕子の中にはあった。

「——誰かいるの？」

あのカメラマンかしら、と思った。しつこく、こんな所まで、追って来たのだろうか……。

「誰なの？　出て来なさい」

精一杯、強い口調で言ったが、大体、あまり気の強い方ではない。せいぜい幼稚園児を叱る先生というところである。

裕子は、ゆっくりと周囲を見回した。——別に誰が出て来るでもない。

気のせいだろうか。

墓地というのは、大体、その辺の角から、ヒョイと誰かが現われそうな場所である。

裕子は気を取り直して、また墓の方へと向いた。——当惑した。

花が、たった今、新しく供えたばかりの花が、惨めに枯れ、しおれているのだ。まるで何か月も前に置いたもののように。

こんな……こんなことが！

裕子は、青ざめ、後ずさった。まさか！　こんなこと、あるはずがない！

裕子は、駆け出していた。誰かが追って来るような気がした。足音さえ聞こえて来るような。

息が苦しい。心臓が高鳴って、死んでしまうかと思った。しかし、裕子は走るのをやめなかった。

キーッ！

車のブレーキが空を裂くような音をたてた。

裕子は、ハッと足を止める。

「――おい！　何やってんだ！」

トラックの運転席から、若い男が顔を出していた。「飛び出して来やがって！」

「すみません！　あの――私――」

裕子は、ほんの一メートルほどの所で、トラックが停っているのを見て、ゾッとした。

「死にてえのかよ！　飛び込むんなら、他の車にしてくれ！」

「そうじゃないんです……。ごめんなさい、私……」

何か、張りつめたものが緩んだ。

裕子は、歩道に上ると、泣き出していた。――何の涙だか分らなかったが、ともかく、涙が止まらないのだ。

誰かが肩を叩いた。

顔を上げ、涙を手の甲で拭うと、困ったような顔の――トラックの運転手である。

「悪かったよ、怒鳴ったりして」

と、まだやっと二十二、三と見えるその男は言った。「でも、あんまりびっくりしたもんだからな」

「いえ、いいんです」

と、裕子は、やっと気持が安らいで来て、「そのせいじゃないんです。すみません、ご迷惑かけて」

と、頭を下げた。

「いや、そんなことないけど……。大丈夫かい？」

「はい」

「肩で息してるじゃないか」

それはそうだ。突然、全力で走って来たのである。まだ心臓は、飛び出しそうな勢いで打っている。

「ちょっと——走ったもんですから」

「大丈夫か？　駅へ行くのかい？」

「ええ」

「じゃ、ついでだ。駅まで乗せてやるよ」

と、男は言った。

「そんな——結構です。歩いて行きます」

「構やしねえよ。一人も二人も同じことさ」

と、何だか分らない内に、裕子は、トラックの助手席に座っていた。

ずいぶん楽ではあるのだった。駅へは上り坂だったから。

「──高いんですね、トラックの座席って」

と、裕子は言った。

「そうだろ？　初めて乗ると、なんだか偉くなったみたいだぜ」

「ええ」

裕子だって、車に乗るのは年中である。でも、座る位置が、ほんの少し高くなるだけで、道行く人や、家並みが、こんなにも違って見える。

これは新しい発見だった。

「お墓参りだったのかい」

と、運転手の若者が言った。

「ええ」

「俺もずいぶん長いこと行ってねえや」

と、男は笑って、「年中、あの前を通ってるのにさ」

「あそこにお墓が？」

「ああ。その気になりゃ、いつでも行けるんだぜ。ほんの十分もありゃ充分だ。でも、それぐらいなら、十分、仮眠した方がいい。そう思ってんのさ」

「そうですか……」

「生きてる人間が大切だからな。そう思わねえか?」

「ええ……」

裕子は、漠然とした答えをして、前方に目をやった。

トラックは、駅の前で停った。

「——どうもすみませんでした」

裕子は、ドアを自分で開けて、降りると、礼を言った。

「いいさ。じゃ、気を付けてな」

「はい」

トラックが走り去って行くのを、裕子は、見送っていた。——完全に見えなくなるまで。

——生きてる人間が大切だ。

裕子は、何だかとても明るい気持になって、券売機の方へと歩いて行った……。

「ふざけてる!」

亜由美は腹を立てていた。——大して珍しいことじゃないが、一応、怒る理由は、ちゃんとあった。

「ひどいわねえ」

聡子は、その写真週刊誌を眺めて、「よくこんなでたらめを……」

亜由美の部屋である。ドン・ファンはあまりその写真に興味がないようで、トロンとした目つきで、起きているのやらいないのやら……。

「ただじゃ済まさないからね！」

亜由美が怒るのも当然で、例のカメラマンが、大学を出ようとする亜由美を撮った写真――それが、今週号に載っている。

しかも、亜由美の後ろに、大内が写っていて、当然、そのすぐそばには裕子が立っているはずなのだが、巧みに裕子だけはカットしてしまい、亜由美と大内の二人の写真にして、〈『愛と涙の日々』の主人公、もう一人の〝女〟〉

という見出しがついている。

女には違いないし、「恋人」と書いてあるわけじゃないから、間違い、とは言えない。しかし、これを見れば、誰だって、亜由美と大内が怪しいと思うだろう。

「全く、何てカメラマンかしら」

と、亜由美はカッカしながら、「このひどい顔！　私がこんな顔だと思う？」

「亜由美ったら、何のことを怒ってるの？」

と、聡子が苦笑する。「――で、抗議するつもり？」

「抗議なんかしたって、むだよ。ノラリクラリで相手にならないに決ってるわ」

「じゃ、どうするの？」

「このカメラマンに当るのよ」

と、亜由美は、写真の下に小さく出ている、〈撮影・田代清〉という名前を、指で叩いた。

「暴力はだめよ」

と、聡子が心配そうに、「また留置場へ入れられるわよ」

「人のことは放っといて」

「亜由美はいいかもしれないけど、その間のレポートを私が書かされるんじゃ、かなわないものね」

友情溢《あふ》れる聡子の言葉に、亜由美はムッとしたように口を尖《とが》らした……。


「――もしもし」

と、低い声が、受話器から聞こえて来た。

田代清は、眠っていたところを起こされてふくれっつらをしていたが、その声を聞くと、パッと目が開いた。

「やあ、あんたか」

と、田代は言った。「色々ありがとう。おかげで、大分俺の株も上ったよ」

「情報がある」

と、その声は言った。

「またかい？　そいつはありがたいな」

田代は、あわててメモ用紙を手もとに持って来た。

「大内和男のことだ」

「あれか」

田代は、ちょっと渋い顔になった。「そろそろ他の奴も動き出してるからな。新鮮味がないんだ。何か他のネタはない？」

「いらなければ結構。他へ知らせるだけだ。では――」

「待ってくれ！」

と、田代はあわてて言った。「分ったよ。教えてくれ。撮りに行くからさ」

「一度しか言わない。――今夜十一時に、新橋《しんばし》のKビルの屋上から、表の路上を見ていると、面白いものが見える」

「十一時にKビルの屋上ね。大内がまた他の女でも連れて来るのかい？」

カチリ、と音がして、電話は切れていた。「――やれやれ。愛想のない奴だ」

田代は、欠伸をして、時計を見た。夜の八時だ。十一時には充分間がある。

「途中で何か食って行くか」

と、田代は呟いた。

――アパートに一人暮し。

無数にいる、カメラマンの予備軍の一人である。

ブレッソンやキャパに憧れる、といった高い志とは無縁、高度な技術とも関係ない。ただ、楽に金を儲けたい、というだけの理由でカメラマンになりたがっているという手合である。

本当はちっとも楽ではないのだが、一度こういう生活に慣れてしまうと、サラリーマンになるのは大変だ。

田代も、いい加減、カメラマンにもなれないかな、と思っているところだった。

そこへ、あの電話である。――一体、何者だろう?

ともかく、ある夜、突然、ここへ電話をかけて来たのだ。

誰とも名乗らず、礼も要求せず、ただ、かつての「愛と涙の日々」の高校生が、今どうしているか、教えてやろう、と言ったのだった……。

恋人がいることも、田代はその電話で教えられた。そして、二人がホテルから出て来るところを、みごとにキャッチしたのだった。

いくら売り込んでも没だった編集者にも、この写真は歓迎された。そして、今度の一枚も。――これはインチキだが、これぐらいのことができなくては、やっていけないのだ。

何枚も買ってもらえる写真を持って行けば、他の仕事も来るかもしれない。

「――行くか」

顔を洗うと、田代はカメラとバッグを肩に、アパートを出た。

中古の車で、新橋へ向う。――もう、都内の道も混んではいなかった。

途中、安い食堂に寄ってカツ丼をかっこむと、ちょうどいい時間になる。

言われたKビルに着いたのは、十時半だった。

もちろん、オフィスビルで、入口は閉っている。田代は、非常階段を上って行った。

かなり古ぼけた、八階建のビルだが、それでも足で八階分上るのは、楽ではなかった。

屋上に何とか上ると、しばらくは息が切れて、動けない。

それでも、何とか気を取り直し、田代は、表の通りを見下ろす側に行った。

今のところ、別に目につくものはない。

カメラを出し、レンズをつけて、下を覗いてみる。

夜とはいっても、街燈の明りもあるし、かなり明るかった。これなら、充分にシャッターが切れるだろう。

「さて、と……」

あと十五分ある。

田代は、のんびりとタバコをふかした。

しかし——あいつも楽じゃないな。

あいつ、とは大内和男のことである。

まあ、こっちは商売だから、ああして追い回し、撮っているが、逆に、自分が何年も昔の恋のことであれこれつつかれたら、たまらないだろう、と田代は勝手なことを考えた。

だが、あの電話をかけて来る奴は、どうして大内の行動を知っているのだろうか？

それは田代にも謎だった。——もちろん、そこまで気にしなくてもいいのかもしれないが……。

あと五分か。

田代は、タバコを捨てて、もう一度、表通りを見下ろした。

しばらく眺めていると、少し目が回って来る。高い所は、正直言って苦手なのだ。

——車だ。

ライトが、遠くからやって来る。もちろん素通りするだけかもしれないが。

一応、カメラを構えて、ファインダーを覗く。

車は、このビルへ近付くと、スピードを落とし、道の端へと寄って来た。——これかもしれない。

シャッターボタンに指をかける。車は、ほぼ真下に停った。

しかし、人が降りて来る様子はない。

田代は、じっと待っていた。いつでもシャッターを切れる体勢である。

と——足音がした。下の道ではない。自分のすぐ後ろだ。

振り向くと、黒い影がワッと迫って来る。田代の指が、シャッターボタンを押していた。バシャ、バシャ、と、続けてシャッターが落ちた。

声を上げる間もなかった。

ぐいと押されて、田代の体は、ビルの屋上から路上へと真直ぐに落ちて行く。

鈍い音と共に、路上で、カメラのレンズが砕けて散った。

田代は、突っ伏したまま動かない。もちろん、生きているわけはなかった。

黒い人影は、チラッと、遥《はる》か下の路上の田代を見下ろすと、そのままスッと、暗がりの奥へと消えて行った……。

5　カメラ

塚川亜由美は、朝早く起こされた。

「亜由美、電話よ」

と、母の清美も眠そうな声を出す。

「ええ？——誰から？」

「あの刑事——さん」

「刑事」と「さん」の間があいているのは、欠伸をしたからである。

「そう。じゃ出るわ」

亜由美はトロンとした目つきで、ベッドから這《は》い出した。

「クゥーン」

といつの間にやら亜由美のベッドに入りこんでいたドン・ファンが、けとばされて、悲しげな声を出した。

「今何時？」

亜由美は時計を見て、「まだ九時じゃないの……」

ちっとも早い時間じゃないのだが、亜由美にしてみればやけに早いのである。

やっと電話へと辿《たど》りついて、

「もしもし……」

「お目覚めでしたか」

殿永の声だ。

「ええ。たった今」

「そんな声ですね」

「殿永さんは早起きね」

「年寄りは睡眠時間が少なくてもいいのですよ」

と、殿永が言った。「実は今、新橋のKビルの前にいるんです」

「ビラ配りでもやってるんですか？」

眠くても、ジョークは出て来る。

「殺人ですよ。どうもね」

「誰がやられたんです？」

「田代清。――ご存知ですか」

「いいえ。でも――ちょっと待って」

亜由美は頭を振った。どこかで聞いた名である。

「思い出した！　カメラマンでしょう、大内さんや私のこと撮った」

「そうです。ビルから転落死しました」

「落ちたんですか」

「あるいは突き落とされたか」

亜由美も、大分目が覚めて来た。

「会ってみたいと思ってたんです。どうして大内さんたちのことをつけ回していたのか、訊いてみようと……」

「たぶんそうだろうと思ってました」

「でも――もう訊けないわけですね」

亜由美は目をこすった。もちろん眠いので、泣いているわけじゃない。

「そっちへ行っても？」

「いや、もう現場は片付けています。署の方へ、どうです？」

「分りました」

亜由美は、少々気がめいった。「また、お説教ですか」

「重要参考人、ってとこですかね」

亜由美は目をパチクリさせて、

「私が？」

「あんな写真をとられて怒っていた。――動機としては少々弱いですがね」

「からかわないで下さい！」

と、亜由美はかみついた。

眠いと機嫌も悪いのだ。

「一つ、手がかりがあるかもしれませんよ」

「何ですか？」

「カメラです」

「カメラ？　誰の？」

「田代のですよ。もちろん、落ちて壊れていますが、フィルムが入ったままで、何枚かとってあります。もしかしたら、犯人の姿がこの中に――」

「すぐ行きます！」

電話を切ると、亜由美は浴室へ飛んで行ってシャワーを浴びた。これで強引に目を覚まし、出て来て、母の清美のいれたコーヒーをガブ飲みする。

「――出かけるの？」

と、清美が訊く。

「そうよ。殺人事件なの」

「あなた――」

清美が心配そうに、「たまには、それぐらい熱心に男の子とデートしたら？」

と言った。

「え？」

亜由美が目を丸くする。

「死体とじゃ結婚できないのよ」

——正に名文句だ、と亜由美は思った。


「正直に白状しなさい」

殿永は、思いの他、厳しかった。

「そんな……。かよわい女の子をいじめるなんて」

亜由美がグズンとすすり上げたのは、もちろんウソ泣きである。

「いいですか」

殿永は、ため息をついて、「あなたのことが心配なんです。犯人はついに人を殺してしまった」

「分ってますわ」

「だったら、協力して下さい。何を隠してるんです？」

亜由美も、こうなると、黙っているわけにはいかなかった。

「実は——木村重治に、別の恋人がいるらしいんです」

「中原秀美の他に？」

「ええ。私、見たんです」

亜由美が、秀美と会ったときに見た女の子のことを話すと、殿永は肯いて、

「もしかすると、中原秀美を刺したのは、その子かもしれないな」

「そうでしょう？　でも、名前も何も分らないから……」

「訊いてみましょう。木村本人に」

と、殿永は立ち上った。

「でも、父親がうるさいわ」

「いや、父親は今日は学会で、出張しています」

「よくご存知ね」

「息子の方から、会いたいと言って来たんですよ」

「なあんだ。じゃ、どこで？」

「大学です。あなたの」

「あら、私、講義に出る仕度、して来なかったわ」

と、亜由美は言った。「残念だわ！」

心にもないセリフだった。

大学へ向う車の中で、亜由美はカメラのことを訊いてみた。

「何が写ってました？」

「今、慎重に現像しているところです」

ハンドルを握《にぎ》った殿永は言った。「果して何が出て来るか……」

「楽しみだわ」

と、亜由美は言って、前方へ目をやったが……。「だけど、どうして田代が殺されたのかしら？」

「不思議ですよ。ただのカメラマンなのに」

「つまり、殺されたっていうことは、大内さんと須田裕子の仲を写真週刊誌に載せたのは、何か目的があったからだった、っていうことですね」

「編集部には当ってみました。完全な持ち込み写真だったそうです」

「つまり、田代自身のアイデアで？」

「編集部の話では、前から色々持ち込んではいたようですが、載せるほどのものは一つもなかった。だから、今度のやつは、きっと誰か他人のアイデアだったんだろう、と言っていました」

「誰かが大内さんの過去について、田代に教えたってことですね」

「そうです。しかし、そうすることで、一体誰が得をするか。——それが分らないんですよ」

なるほど。亜由美も、そこまでは考えなかった。確かに、大内や裕子は迷惑するが、それ以外に何かあるのだろうか？

「気になることがあるんです」

と、亜由美は言った。

「ほう？」

亜由美は、神田聡子が大内から誘われた件を話した。大内が自ら、「愛と涙の日々」の学生だとしゃべったということを……。

「——なるほど。大分イメージが狂って来ますね」

「そうなんです。もし大内さんが、そんなつまらない男だったら……。裕子が可哀そうだし」

亜由美は、ちょっと間を置いて、「すみません。殿永さんのお仕事には関係ないのに」

「いや、そんなことはありませんよ。——犯人を捕まえるだけが仕事じゃない。私たちの仕事は、市民の人々に、幸せになってもらうことです」

亜由美は微笑んだ。——こういう人に総理大臣になってほしいもんだわ。

「ええ。——確かに、僕には恋人がいました」

と、木村重治は肯いた。

「いました、というと――今は？」

と、殿永が訊く。

大学の、空いた会議室である。

「もう別れたんです。少なくとも、僕の方はそのつもりでした」

と、木村は言った。「僕は秀美と付合っていて、彼女を好きになってましたから。でも前の彼女の方は……」

「あなたを諦めていないってわけね」

と、亜由美は言った。「あの子、どういう子なの？」

「前にバイトした店で知り合ったんです。あの子は地方から出て来て、一人住いで、寂しかったようです」

「名前は？」

「みゆきです。八田《はった》みゆき」

「八田みゆきね……。どこに住んでる？」

殿永が、メモを取るのを、木村は、やや不安げに見ながら、

「でも――あの子が秀美を刺したんでしょうか」

と言った。

「さあね。しかし、一応、話ぐらいは訊いてみないと。——君はどう？　やりかねない、と思うかね」

木村は、しばらく迷ってから、

「そうですね。——僕のこと、恨んでましたから」

「木村君」

と、亜由美は言った。「あなた要するに、その八田みゆきって子を引っかけただけなのね」

「うん……。そういうことになる」

木村は、うなだれた。

「もし、そのせいで秀美さんが刺されたとしたら、あなたが秀美さんを刺したようなものよ」

木村は、何とも言えない様子だった。

「もう一つ訊きたい」

と、殿永が言った。「君のお父さんのことなんだが」

「父のこと？」

木村は、当惑したように、顔を上げた。

「いや、秀美さんの刺された現場から君を連れて行ったやり方が、ずいぶん強引だったものだからね」

殿永は、あくまで気楽な感じで言った。

「すみません」

木村が頭をかいて、「親父、いつも僕のことになるとむきになるんで……」

「過保護なのね」

と、亜由美が言った。

「母が大分前に亡くなっているんで、親父、結局僕のために頑張って来た、って感じなんだ。——すみません、特に何かあるってわけじゃ——」

「いや、訊いてみたかっただけだよ」

と、殿永は首を振った。「じゃ、ご苦労だったね。また何かあれば連絡する」

「はい」

木村は行きかけて、「——そうだ。秀美さんは、どうなんですか？」

「今のところ変化はないようだよ」

「じゃ、命は——」

「まずその心配はないだろう」

「良かった。安心しました。——それじゃ僕、これで」

木村が出て行く。

亜由美と殿永は、何となく顔を見合わせた。

「――どうです？」

と、殿永は言った。

「ええ……。その八田みゆきって子に会うんでしょ？」

「いや、今の木村の話ですよ」

亜由美は、ちょっと考えてから、

「何だかいやにアッサリしてましたね。恋人が重傷を負って入院しているっていうのに」

「そうなんです。本当なら病院にでも様子を見に行ってもいいと思うんだが。――木村は一度も姿を見せていない」

「冷たい男なんだわ」

と、亜由美は少々腹を立てて言った。

「ま、今の若者たちはあんな風なのかもしれないが――」

「そう決めつけないで下さい。私だって若いんですから」

と、亜由美は言い返した。

「遅いなあ……」

須田裕子は、公園のベンチに一人で腰をかけて、足下の小石をけとばしながら呟いた。

大内和男と待ち合わせているのだが、もう約束の時間を十五分過ぎている。

でも、裕子はそう不機嫌なわけではなかった。何といっても大内は勉強が忙しい。そうそう自由に出て来られるわけじゃないのである。

公園はもう薄暗くなりつつあった。

アベックの姿もそここに見えて、二つの影が一つに溶け合う……。

割合に広い公園で、木立ちや茂みがいくらもあるから、アベックの名所の一つに数えられている場所である。

こんな所に来るなんて……。私が。

そう。本当に妙な気持だった。

裕子は、前から、あんな風に腕を組んで寄り添ったり、人目もはばからず、ピッタリとくっついて歩いている、アベックを見る度に、何というか、――まあ、少々はしたない、という印象を受けたものだ。

でも、今では自分がそのアベックの一人なのだ……。

裕子は、幸福だったが、同時に少し不安でもあった。――このままでいいのだろうか?

あの写真騒ぎがあって、却ってそれに挑戦するかのように、大内との仲は深まっていたのだが、これがいつまで続くのだろう？

――恋の危険なところは、今だけで満足してしまって、先のことを見なくなってしまうことである。

明日なんかどうでもいい。そう思わせるところが、恋にはあるのだ。

――急に、辺りが暗さを増した。街燈が自動的に点燈する。

でも、裕子が座っているベンチは、少し引っ込んだ所にあるので、光はほとんど届かなかった。でも、ここにいれば、大内が来たとき、見落とさずに済む。

ふと――誰かの気配を感じた。

ガサッと、ベンチのすぐ後ろの茂みで音がして、振り向こうとした裕子に、

「動くな」

と、低い声が囁《ささや》いた。「ベンチの背もたれの隙間から、ナイフで狙ってる。動くと命がないぞ」

誰の声か、見当もつかない。裕子は戸惑った。

「あの――誰なんですか？」

「静かに。一言でもしゃべると命がないからな」

裕子は、背中に、何か尖ったものが当るのを感じた。――スッと血の気がひいて行

った。

「いいか、貴様なんか、あの茂原聖美に比べりゃ取るに足らん女だ。茂原聖美に取って替ろうなんて、とんでもない話だ」

「私は――」

「うるさい！」

と、声が裕子の耳を打つ。

裕子は、キュッと両手を握り合わせた。

「黙って聞け。これ以上大内と付合いを続けるのなら、貴様の命をいただくぞ。――分ったな。今は見逃してやる。しかし、この次は――」

ザザッと茂みが動いて、相手は遠去かったようだった。しかし、裕子はしばらく身動きできなかった。

「――やあ」

突然、目の前に誰かが立った。

「キャアッ！」

裕子は飛び上るように立ち上った。

「おい、どうしたんだい？」

大内が笑っている。「こんなに暗い所にいるから捜しちゃったよ。――どうかしたの？」

「和男さん！」

裕子は夢中ですがりついた。

大内は、わけが分らない様子で、泣きじゃくる裕子を抱き寄せていた……。

6　貧しい恋人

「ワン」

ドン・ファンが一声ほえた。

「あら――」

部屋の鍵を開けようとした、八田みゆきは、ドン・ファンを見て、「珍しいわね、この辺じゃ」

と、微笑みかける。

「クゥーン」

ドン・ファン得意の鼻声で、セクシーな（?）魅力をふりまきながら、八田みゆきの足にまとわりつく。

「まあ……。何となくエッチね、あんたのくっつき方。酔っ払ったいやらしいおじさんたちみたいよ。あんたも中年なの?」

かがみ込んで、八田みゆきは、ドン・ファンの頭を撫でた。「可愛いわねえ……」

みゆきが顔を近付けると、ドン・ファンがプイと横を向いてしまった。みゆきは悲しそうに、

「お酒くさい？　仕方ないのよ。そういう仕事なんだもの。私だって、やりたくてやってるわけじゃ――」

足音がして、街燈の明りに、人の影が落ちた。みゆきは、顔を上げた。

「八田みゆきさんね」

と、亜由美は言った。「ちょっとお話したいことがあるんだけど」

「入れてもらってもいいかね」

と、殿永が言った。

みゆきは、二人を交互に眺めていたが、

「この犬は、あなたの――」

「私の飼犬よ。というより恋人かな。ドン・ファンというの」

亜由美の言葉に、みゆきは、微笑んだ。

「ドン・ファンね。――すてきな名ですね」

そして、玄関の鍵を開けた。「どうぞ、入って下さい」

「――私が秀美さんを？」

八田みゆきは、亜由美たちにお茶を出しながら、言った。

六畳一間の、簡素なアパートである。生活も切りつめているのがよく分った。

「そうですね」

と、みゆきは、色の変った畳の上に座ると、言った。「――やったかもしれません。好きな人をとられたら、憎いですもの」

「現実に、中原秀美は刺されて重体なんだがね」

と、殿永が言った。

「分っています。私じゃありませんわ、やったのは」

と、みゆきは首を振った。

「木村君のことは、まだ好きなの？」

亜由美の問いに、みゆきは目を伏せながら、

「そうですね。――私、割としつこく好きになるタイプなんです。田舎の人間だからかしら」

「木村君の方は――」

「もう私に飽きてますし、うんざりしてるんです。それもよく分ってるんですけど……。でも、なかなか諦め切れなくて」

「中原秀美を刺してはいない、というわけだね」

「はい。あの時間は、働いてました。調べて下さい」

「どんな仕事を？」

「色々です。あの日は確か、お掃除屋さんに使ってもらっていたと思います」

「どこかビルとかの掃除なの？」

「そうです。――週に三回。他に、ウエイトレスとか――」

「あなた、いつもこの時間に帰るの？」

と亜由美は訊いた。

もう夜中の一時過ぎである。

「ええ。いつも夜は十二時まで仕事で……」

「何の仕事？」

「あの――サロンです。よく、〈ピンサロ〉とかいう……。酔った男の人に、足とかお尻とか触られてます。こんな太い足でも、触りたがる物好きな人もいるんですよね」

と、みゆきが笑う。

どことなく哀しげな笑いだった。

「そんなに働いて……。お家へ帰るとか、しないの？」

「私がお金を送らないと、やっていけないんです。うち、とても苦しいんで……」

淡々とした口調だが、そこには深い疲労がにじみ出ていた。

「じゃあ――木村君とのことがなくても、ずっとここにいるつもりだったの？」

「ええ。東京には、やっぱり働き口がありますから」

昼も夜も、ただひたすら働いて、その中で、ちょっと優しい言葉をかけられれば、その男に夢中になるのも当然だろう。

木村君も、罪なことをするもんだわ、と亜由美は思った。

殿永は、その掃除屋の連絡先をメモすると、

「邪魔したね」

と、立ち上った。

「あの——秀美さんは、どうなんですか？」

「うん、重体だが、命は何とかね」

「助かるんですね。良かったわ」

みゆきは微笑んで、「木村さんって、誰かついてないとだめなんですよね。お父さんにべったりで」

と言った。

亜由美と殿永が玄関を出ると、ついてきたドン・ファンが、何を思ったか、クルリと振り向き、タッタッと戻《もど》って行く。

「何か忘れもの？」

と、みゆきがかがみ込むと、ドン・ファンが舌でペロリとみゆきの頰をなめた。

「まあ、ありがとう！」

みゆきが嬉しそうに笑う。

「ワン」

ドン・ファンが、どういたしまして、というように鳴いた……。

「——色んな人がいるんですねえ」

亜由美は、殿永と一緒に夜の道を歩きながら、言った。「私なんか好き勝手なことをしてるけど」

「全くですね」

殿永は肯いて、「もし、あの八田みゆきが、中原秀美を刺したとしたら、逮捕しなくちゃならない。彼女が捕まったら、彼女からの仕送りに頼っている両親はどうするか……。そこまで考えると、この仕事も、なかなか楽じゃないです」

「そうですね」

珍しくしんみりして、亜由美はゆっくりと歩いて行った。

「あら、亜由美」

という声に振り向くと、裕子が立っていて、亜由美はびっくりした。

「裕子！　何しに来たのよ？」

——ここは病院である。

刺された中原秀美が入院している。八田みゆきのアパートを訪ねて、次の日、亜由美は様子を見にやって来たのだが……。

「私——中原秀美さんのお見舞に」

と、裕子は手にした花束をちょっと持ち上げて見せた。

「私もよ」

と、亜由美も花束を見せ、「じゃ、一緒に行きましょう」

二人して病院の玄関を入って行く。

ちょうどそこは外来の待合室で、老若男女、座る場所もないくらいの患者で溢れていた。そこの間を抜けて、二人は、やっと静かな廊下へ出た。

「——こういう所へ来ると、自分が健康なのってありがたいと思うわね」

と、亜由美は言った。「いつもは健康で当り前みたいに思ってるけど」

「そうね」

裕子も肯いて、「私だって、幸せなんだわ。いくら人に恨まれても、和男さんがいるんだもの」

「のろけないでよ、こんな所で」

と、亜由美は笑った。

そして、ふと気付いた。

「じゃ、裕子、知ってるの？　中原秀美が――」

「聖美さんの妹だって？――ええ、和男さんから聞いたの」

大内から？――亜由美は、何だか妙な気がした。

秀美が刺されたとき、大内は何も言っていなかった。だから、亜由美は、大内が秀美のことを、知らないのだとばかり思っていたのだが……。

「そう」

「亜由美は、どうして知ってるの？」

訊かれて、今度は亜由美の方がぐっと詰まる。――殿永に調べてもらったとも言いにくい。

「そりゃあ、あんた、地獄耳の亜由美を知らないの？　ワハハ……」

と、何だかTVの安手な時代劇みたいなセリフを吐いている。

「そう。――じゃ、知らないのは私だけだったのかな」

「大内さん、前から知ってたって？」

「何となく聖美さんと似た子だな、とは思ってたんですって。でも、今度刺されたでしょ。それで誰かがしゃべってて、やっと思い出したって」

「ふーん」

何だかわざとらしい言い方のようにも思えたが……。

「あ、その辺の病室じゃないかしら」

「面会謝絶かもしれないわね。まだ意識が戻ってないっていうんだから」

――〈中原秀美〉と名札の入った病室のドアには、〈面会謝絶〉の札が下っていた。

「あの、すみません」

と、亜由美は、通りかかった看護婦をつかまえて、「私たち、中原さんの友だちなんですけど、このお花を、中へ入れておいてもらえませんか」

「あら、お二人とも？　じゃ、入られても構いませんよ。中に花びんもあるし」

と、看護婦が快く言って、ドアを開けてくれる。

「すみません」

亜由美たちは、礼を言って中へ入ったが――。

「あら、お花が来てるわ」

看護婦は、秀美の寝ているベッドのわきに置かれた花を見て、そう言ってから、

「――まあ！　誰がこんなこと！」

と声を上げた。

亜由美と裕子も、近付いてみて、言葉を失った。その、カゴに入れた花には、黒と白のリボンが、かかっていたのだ！

「ひどいことを！」

看護婦が腹立たしげに片付けようとするのを、

「待って下さい」

と、亜由美は止めた。「何か、リボンにカードが挟んであるわ」

手に取ってみると、〈ご冥福をお祈りします　八田みゆき〉とあった。

「――ひどい人！」

亜由美から、八田みゆきのことを聞いた裕子は顔色を変えて、怒った。「いくら恋敵だからって――」

「待って。落ちついてよ」

亜由美は、裕子を廊下へ連れ出すと、「これはきっと八田みゆきのやったことじゃないわよ」

と言った。

「でも――」

「だって、そんなのにわざわざ自分の名前を入れる？　おかしいわよ」

「それもそうね」

「それにね、あの子はそんなことのためにむだなお金を使うような子じゃないと思う。あの花だって、決して安くないわよ」

「じゃ、誰が……」

「分らないけど——秀美さんを刺した犯人かもしれないわね」

亜由美は、そう言って、「考えてみりゃ、わざわざ手がかりをくれたようなもんだわ」

と肯いて見せた。

殿永へ電話を入れて、お花のことを知らせると、

「すぐ取りにやります」

と、殿永は即座に言った。「花屋の方からたぐって行きましょう。カードの文字の筆跡もあるし。いや、そいつはありがたい」

「じゃ、ここで待ってますわ」

亜由美が電話を切って、中原秀美の病室の方へ戻って来ると、裕子が、例の花をかかえて情けない顔で立っている。

「いやだわ、私。こんな黒白のリボンかけたのかかえて。——通る人が、みんな変な目で見て行くんだもの」

「ごめんごめん」

亜由美は笑って、「何も、そんな目につく所に立ってなくたっていいじゃない」

しかし、裕子というのは、そういう性格なのだ。言われたらその通りにする。真面目というか、融通がきかないというか……。

二人は、少し引っ込んだ休憩所のような、ソファを置いた所に行って座った。

「でも、秀美さん、助かりそうでよかったわね」

と、裕子は言った。

「そうね」

「ね、ちょっと思ったんだけど」

「なあに？」

「和男さん、どうして見舞に来ないのかな」

「さあ……。知ってるったって、直接知ってるわけじゃないし……」

「私たちのこと撮ったカメラマン、ビルから落ちて死んだんですってね。――あんまり同情できないわ、悪いけど」

「いいんじゃない、気にしなくても」

「私ね、殺されかけたの」

「あ、そう」

亜由美は、ちょっと間を置いて、「――今、何て言ったの？」

「ゆうべ、和男さんを待ってたの。公園で。そしたら、ベンチの後ろの茂みから、変な声がして――」

裕子の話に、亜由美は仰天した。

「どうして黙ってたのよ！」

「だって、別に殺されたわけでもないし……」

裕子は、おっとりと言った。

「じゃ、あなた、殺されてから、『すみませんけど、痛いから、刺すのやめてくれます？』って頼むつもり？」

「そんな、オーバーよ」

「呆れた！　じゃ、また殿永さんに知らせて来なきゃ」

亜由美は、また、あわてて電話へと駆《か》け出すことになったのである……。


「ほら、あの人！」

と、隣の席の女の子に言われて、神田聡子は、

「え？」

と顔を上げた。

聡子としては珍しく、スナックなどに入って、少々アルコールも回り、頭がポーッとしている。

同じゼミの子同士、五、六人でワイワイとやっているところだった。

「──誰かスターでもいるの？」

と、聡子は振り向く。

「違うわよ。ほら、例の『愛と涙の日々』じゃないの」

「うちの大学院でしょ？　知らなかったわ」

「でも、大した男じゃないのに」

「そう？　私、結構あの手、好み」

——そんな勝手なことを言い合っている。

聡子は、振り向いて、なるほど、大内和男が一人でポツンと何やら飲んでいるのに気付いた。どことなく、侘《わび》しげな様子である。

今夜は須田裕子と一緒じゃないのかしら、と聡子は思った。

「一人みたいよ。振られたのかしら？」

「写真とられちゃ困るから、近付かないんじゃない？」

「でもさ、あのブームのとき、ずいぶん儲けたんじゃないかしらね」

「そうね。本の印税、半分もらったって、大したもんだわ」

「でも、大してお金なさそうじゃない？」

勝手なことを言ってるわ、と聡子は笑ってしまった。

「じゃ、一つ声をかけてみたら？」

と、一人が言い出す。

「いやよ。あんた、好みなんでしょ？　アタックしてみたら？」

「だって――可愛い子と一緒だと写真にとられるじゃない！」

「よく言うわよ」

と、キャアキャア笑う。

「私、声かけてみようか？」

と、聡子が言ったので、他の面々が、キョトンとして、

「聡子――気は確か？」

「失礼ねぇ」

と、聡子はツンとして、「私だって、男嫌いじゃないのよ」

いつもはおとなしい聡子がこんなことを言い出したのは、やはりアルコールのせいだろう。

「じゃ、やってみてよ。一つ、お手並拝見っていこうじゃない」

「いいわよ」

聡子は、少し悪乗りし過ぎかな、とも思ったが、今さら、引くに引けず、立ち上って、軽くぶらつくような足取りで、大内の方へと歩いて行った。

椅子を引いて、彼の隣へ座る。――大内が目をパチクリさせて聡子を見た。

「あれ。君は――」

「憶えてる？　去年のクリスマスパーティで……」

「憶えてるよ。アッサリ振られたっけ、あのときは」

「気乗りがしなかったの」

と、聡子は言った。「今日は一人なの？」

「うん。——ああ、そうか、君は例の、ダックスフントの飼主の友だちなんだっけね」

聡子は、これを聞いたら、亜由美がさぞ嘆くだろう、と思った。ドン・ファンは喜ぶかもしれないが。

「色々大変ね」

聡子はわざとなれなれしい口をきいていた。何といっても、他の子たちが注目している。

「うん。もう誰も僕に声をかけてくれないんだよ」

と、大内は苦笑した。

「あなた、もてて困るみたいなこと、言ってたわよ」

「酔ってたのさ、あのときは。勘弁してくれよ」

大内は、顔を赤らめた。——そういうところは、なかなか可愛い。

「どう、一杯付合ってくれる？」

と、聡子は言った。

「いいよ。——じゃ、場所を変えようか」

「ここじゃだめ？」

「知ってる顔がずいぶんいるんだ。後で何か言われても困るからね」

聡子は、面白いかもね、と思った。みんな、聡子が平気で声をかけてしゃべっているだけでも、びっくりしているに違いない。これで、さっさと二人で店を出て行ってしまったら……。

「いいわよ。じゃ、他へ行きましょ」

と、聡子は言った。

——聡子の友人たちは、聡子と大内が、さっさと一緒に店を出て行くのを、呆気《あっけ》に取られて見送っていた。

「——凄い！　見直しちゃったわ、私」

「聡子がねえ……」

と、みんなで顔を見合わせている。

と、そこへ——亜由美が入って来たのである。

「——あら、亜由美。ここよ！」

と一人が手を振る。

「やあ」

亜由美は、やって来て、みんなの顔を見回し、「あれ、聡子、いなかった？」

「今、出てったとこ」

「何だ。ここにいるって聞いて来たのに」

と、亜由美が肩をすくめる。

「それがねえ――誰と一緒だったと思う？」

「知りっこないでしょ」

「『愛と涙の日々』よ」

「ええ？」

亜由美は目をパチクリさせて、「大内さんと？　まさか！」

「その、『まさか』なんだから！　びっくりしちゃった。ねえ、みんな」

ウンウン、と肯く。――亜由美は話を聞いて、

「じゃ、聡子が声をかけて、二人で出てっちゃったの？　どこへ行くって？」

「そこまで知らないわよ。ともかく、二人きりで――」

「ごめん。ちょっと急用で――」

亜由美はスナックを飛び出した。

聡子ったら！　たまに飲んだりするから、ろくなことしないんだわ。

でも――たった今、出て行ったといっても、どこへ行ったかも分らないんじゃ……。

亜由美は、ともかくカンを頼りに、夜の道を、足早に歩き始めていた。

7　ボディガード

「すみませんねえ」

と、清美が、お茶を出しながら言った。

「あ、いえ、どうぞお構いなく」

と、裕子は言った。

「亜由美ったら、電話ぐらいかけて来りゃいいのに。——本当に、どこをどう歩いてるのやら……」

清美とて、あまり娘のことを言えた柄ではないのだが、なに、本人が目の前にいなきゃ、何を言ったって平気である。

「いえ、私が勝手に来てしまったんですから——」

「それにしたってねえ。本当に困りますわ。いい年齢の女の子が、追い回すものといえば殺人犯とか、そんな物騒なものばかりなんですもの」

と、清美はこぼした。「ついて来る男性といえば、あのドン・ファンぐらいのものなんですからね」

クゥーン。

ドン・ファンが、悪かったね、とでも言いたげに声を上げた。

「でも、とても頼りになる人ですわ、亜由美さん」

と裕子がかばう。

「少しは頼る側になってくれるとね。——これだけ悪口を言えば——」

「えっ？」

「きっと今ごろクシャミをしてますよ」

母親の方も、亜由美といい勝負である。

——裕子は、時計を見た。三十分待ったが、亜由美は帰らない。

「じゃ、私、今日はもう失礼しますから」

「そうですか？　本当にだめな子ねえ……」

と、腰を浮かすと、電話が鳴った。

「——あ、きっとあの子だわ。ちょっとお待ちになってね」

急いで受話器を取ると、

「ちょっと！　どこをうろついてるのよ！——え？——あら、奥さま、失礼いたしました、私ったら。——いえ、うちの愚娘《ぐむすめ》かと思ったものですから、オホホ……」

愚娘、なんて言葉あったかしら？——裕子は、その間に失礼することにした。

ともかく話は長引きそうだ。

玄関へ出て靴をはいていると、ノコノコついて来たのがドン・ファンだ。

「あら、お見送り？　ありがとう」

と、ドアを開ける。「じゃ、亜由美によろしくね」

するとドン・ファン、ポンと飛び降りると、サッサと表へ出て行ってしまう。

「ねえ、ちょっと――だめよ、外に出たりしちゃ」

しかし、ドン・ファンは少し先へ行って足を止め、振り返って、

「ウー、ワン！」

と、犬らしい（？）声を上げた。

「あら、私を送ってくれるの？」

裕子は笑って、「大丈夫よ、私は。子供じゃないんだから」

「ワン！」

ドン・ファンも、飼主に似て（？）、なかなか頑固なところがあるらしい。いくら
裕子が、

「ほら、中へ入って」

と叫んでも、動こうとしないのだ。

裕子は、ため息をついて、

「分ったわ。じゃ、ありがたく送っていただきましょうか」

と、そっと歩き出した。

「ワン」

そう来なくちゃ。——ドン・ファンは、姫君を送る騎士って感じで、チョコチョコと短い足を忙しげに歩き出した。

もっとも、名前がドン・ファンである。送り犬ならぬ送り狼《おおかみ》にならぬとも限らないが……。

夜。——そろそろ十時半。

夜道は静かだった。

「——分らないわ、私」

と裕子は、言った。「和男さんを愛しているのかしら？——もちろん、そのつもりだったけど……」

何となく、ドン・ファンが話し相手、という感じなのである。

「ホテルに泊って、彼の腕の中にいると、とても幸せなのよ。だから、きっと愛してるんでしょうね。だけど——」

裕子の眉が、ちょっと寄って、表情がかげった。「ただ、意地になっているのかもしれないって気もするの」

遠くに、電車の音がした。

「ああして、写真が出て、親に反対されたり、世間の人にいやな目で見られたりして、それに反抗して、和男さんのことを愛しているような気がしているだけかもしれない。——ふっとそう思ったの」

どこかの家の、少し開いた窓から、楽しげな親子の笑い声が聞こえて来た。父と母と——そして、たぶん、十歳ぐらいの子供の声……。それは「家庭」だった。

「和男さんの中には、まだ茂原聖美さんのことが——彼女の面影が残っているんじゃないかしら。私、ときどき、そんな気がする」

口に出してみて、裕子は、ちょっとハッとした。今、初めて、自分がそう思っていることに、気付いたのだ。

「ベッドの中で、愛し合っていても、一瞬、ふっと彼がどこか遠くへ行ってしまったような気のするときがあるの。——なぜか分らないけど」

誰がかけているのか、にぎやかなロックの音楽。——きっと高校生ぐらいの子なのだろう。

もう、今の裕子には少しうるさい音になってしまった……。

「和男さんは、自分の過去を忘れるために、私を愛してる——愛そうとしてるんじゃないかしら。でも、それじゃ、私が惨めだわ。そうじゃない？」

ドン・ファンの方を見ると、慰めるような目つきで、じっと裕子を見ている。

裕子は、ちょっと笑って、

「ごめんなさいね。――こんな話をしても、あなたは何も言ってくれないのにね。でも、聞いてくれて嬉しいわ」

と、足を止め、裕子はドン・ファンの方へかがみ込んだ。

ドン・ファンが、パッと頭を上げる。

足音。――走る足音が、裕子の背後に近付いてきた。

裕子が振り向く。薄暗い中に、人の姿が黒く見えた。それが、真直ぐに裕子の方へと向って来る。

裕子は、白く光るものを見た。その人影の手に、何か白く光っている。

ナイフ！――裕子は、息を呑《の》んだ。

だが、亜由美とは違って、裕子は襲われたりするのに慣れていない。

立ちすくんで、動けなかった。

いけない！　逃げなきゃ、と思いながら――。

「ワン！」

ドン・ファンが、そのとき飛び出したのだった。が、何しろ足が短いので、パッと宙を飛んで、相手に飛びかかるというわけにはいかない。

走って来た男の足にガブリとかみつく。

「アッ！」

男が叫ぶのを、裕子は聞いた。

ナイフが道へ落ちて、チーンと音をたてる。

ドン・ファンは、ぐっとかみついて離れない。男が焦って、足を振った。

ドン・ファンが宙を飛んで――飛ばされたのだが――キャン、と声を上げながら、落っこちた。

「ドン・ファン！」

裕子が駆け寄る。「しっかりして！」

男が、片足を引きずるようにして逃げて行く。痛むのか、呻《うめ》き声を上げていた。

「ドン・ファン！　大丈夫？」

横たわっているドン・ファンを、裕子はかかえ上げた。

「クゥーン……」

と、弱々しげな声を出す。

「しっかりして！　ああ、どうしよう！」

そうだ、亜由美の家へ！　ドン・ファンを両手でしっかり抱きかかえると、

「しっかりしてね！　救急車を呼んであげるから！」

裕子は、靴を脱ぎ捨て、必死に亜由美の家へ向って、駆け出して行った。

「いいの？」

と、神田聡子が言った。

「ん？　何が？」

大内は、我に返った様子で、聡子を見た。

「私なんかと、こんな所にいても。――だって須田裕子と婚約してるんでしょ？」

聡子は、まだアルコールが回っていて、大分大胆になっている。

二人は、ホテルのコーヒーハウスに入っていた。

こういう場所は、夜も遅くなった方が、却ってにぎわう。今も、若いアベックが大分目についた。

「裕子か」

と、大内は、ポツリと言った。「別に婚約してるってわけじゃないよ」

「あら」

聡子は目を見開いて、「そうなの？　だって、ホテルに行ってる写真が載ったじゃない」

「ああ。あれはね――」

と、大内は、ちょっと唇の端を歪めて笑った。

あんまり可愛い笑顔とは言いかねた。

「やらせさ、やらせ」

「どういうこと？　つまり分ってて、写真をとらせたの？」

「うん」

大内は、アッサリと肯《うなず》いた。「僕があのカメラマンに知らせてやったんだからね」

「へえ！」

これには聡子もびっくりした。「でも、裕子は知ってるの？」

「知りやしないさ。でも、女の子って、有名な男が好きだからな。――それ以来、裕子も平気でホテルについて来るよ。前にはいやがってたのにさ」

聡子はムッとして、頭から冷たい水でもぶっかけてやりたくなったが、そこをぐっとこらえて、笑顔を作り、

「そうね、女の子ってそういうとこ、あるのよね」

と、調子を合わせる。

「だろ？　でもさ、自分から、『実は僕って有名なんだよ』なんて言うの、おかしいだろう？　だから、ああやって、ドラマチックにしてやったのさ」

「へえ。頭いいのね」

聡子は吐き気がした。

「君もどう？」

と、大内が聡子を見る。

「——どう、って？」

「さっき、ここの部屋をね、取っといたんだよ、ほら」

と、ポケットから、部屋のキーを出して見せる。

「まあ、素早いのね」

「どう？　もし何なら、他のカメラマンを呼んで、部屋から出るところをパチリってのもいいじゃないか。君がグラビアに出るんだぜ」

おあいにくさま。誰が……。

しかし、聡子は、アルコールのせいで気が強くなっているのと、あんまり頭に来たので、ここは一つ、言う通りにするふりをして、とっちめてやろう、などと、とんでもないことを思い付いたのである。

亜由美の影響も大きいのかもしれない。

「いいわ」

と、聡子は肯いた。「その代り——私、こう見えてもベッドの中じゃ、しつこいのよ！」

アルコールなしでは、とても言えない大胆なセリフまで吐いていたのである。

「決った！　それじゃ、早速部屋へ行こうじゃないか。時間がもったいない」

「そうね。いいわよ」

　聡子は立ち上った。

　この悪党！——どうやってこらしめてやろうかしら。

　聡子は、内心カッカしながら、それでもエレベーターの中では、当り前の恋人よろしく、大内の腕を取って、寄りかかったりして——。

「やさしくしてくんなきゃ、いやよ」

　などとやっている。

　我ながらよくやるわ、と思った。

　部屋へ入って、聡子は、広々としたツインルームを見回した。

「へえ、結構いいじゃない？」

「気に入った？」

「うん。やっぱり、こういう一流のホテルっていいわね。ラブ・ホテルじゃ、却って落ちつかなくって」

　と、分ったようなことを言っている。

「へえ、君も見かけによらず、進んでるんだね」

　と、大内が笑った。

「そうよ。今どき、男にかたいのなんて、時代遅れ。亜由美なんか、もてないもんだから、『ろくな男がいない』とか負け惜しみ、言ってるけどね」

「それじゃ――」

ハッと思ったときは、大内に抱きすくめられ、キスされている。――聡子は、あまりいやがっても怪しまれると、適当に任せておいて――。

「ね、待って。――ちゃんとシャワーを浴びてからじゃないと。先に浴びて来てよ」

と、大内を押し戻した。

「君が先に入れば？」

「女はね、色々、仕度があるのよ」

と、笑ってごまかす。

「そうか。じゃ、僕が先に」

「うん。ごゆっくり」

――聡子は、ニッコリ笑って見せた。

大内がバスルームに入って行くと、聡子は、ベエと舌を出して、

「何て奴だろ！」

と呟いた。

何かとっちめてやる方法は……。

「そうだ」

シャワーの派手な音が聞こえて来る。——当然、大内は裸になって、服は、水がかからないように、洗面台の所にでも置いてあるはずだ。

「服を持って逃げちまおう」

パチン、と指を鳴らした。それがいい！

バスルームのドアの前で、耳を澄ますと、大内が鼻歌など歌っているのが聞こえて来ていた。——この分なら、入っても大丈夫だろう。

聡子は、そっとノブを回し、ドアを細く開けた。——シャワーカーテンは一杯に引かれている。

よし、これなら……。

聡子は、そっとドアを開け、洗面台の上に大内の服が置いてあるのを見付けると、頭を低くして中へ入り、服へと手を伸して——。

サッとカーテンが開いた。

「キャッ！」

聡子が飛び上る。大内がバスタブから出て来ると、聡子の体をぐいと抱き寄せた。

「よしてよ！　服が——濡《ぬ》れるじゃないの！」

びしょ濡れの大内の体にくっついているので、服を通して、どんどん冷たくなって来る。

「君の考えてることぐらい、分らないと思うのか？」

大内は、ギュッと聡子を抱きしめて、「逃がしゃしないぞ！　ここまで来たからには、僕のものになってもらう！」

「何よ！　離して！　あんたになんか――いやよ！　やめて！」

暴れようとしても、大内の力には、とてもかなわない。聡子は、そのまま、シャワーの降り注ぐバスタブの中へかつぎ込まれた。

頭からシャワーがかかって、聡子は悲鳴を上げた。

「もう出て行けないぞ！」

と、大内が笑った。

「キャッ！」

聡子は、足を滑らし、狭いバスタブの中で仰向けに引っくり返った。大内がすかさず聡子の上にかぶさって来る。

「やめてよ――いや！」

聡子も、今となっては、こんな無茶をしたのを後悔していた。でも、だからって、ビデオテープじゃないから、巻き戻してやり直すってわけにゃいかない。

「おとなしくしろ！　諦めろよ！」

大内が、聡子の服の胸元を引き裂いた。

「助けて！——いやだってば！」

暴れようにも、狭いバスタブの中だ。手足が思う通りに動かないのである。

「もう観念しろよ。ほら——」

大内が、ぐいと聡子の頭を押《おさ》えつける。ずぶ濡れになった聡子は、目にシャワーが入って、よく見えないので、大内に巧みに組み敷かれてしまった。

「いやだ！——助けて！——亜由美！」

大内は笑って、

「スーパーマンじゃあるまいし、そううまく助けに来ちゃくれないぜ」

と言った。「おとなしく脱ぐか、それともみんな引き裂かれたいか？」

「あんたはどっちがいい？」

と声がして……。

「——亜由美！」

聡子が、声を上げた。——大内は裸のまま、ポカンとしている。

「勝手なことするからよ」

と、亜由美は聡子をにらんだ。「同情してやんないから」

亜由美は腰に手を当てて、二人を見下ろして立っていた。

「そんなこと言ったって――」

と、聡子は泣きべそをかいている。

「二人の後をつけて来たのよ。そしたら、この人が、部屋を予約してるじゃない。――私、ホテルの支配人にかけ合ったの。婦女暴行事件を起してもいいのか、ってね。――ホテルのガードマンと一緒に、廊下で中の様子を聞いてて、マスターキーを使って入って来たってわけ」

「助かったわ！」

聡子は、バスタブから這い出して来た。亜由美は、バスタオルを渡してやった。

「柄にもないことしないのよ」

と、亜由美は聡子の肩をポンと叩いた。

「ごめん……」

聡子はシュンとしている。

「それにしても――大内さん。ひどいじゃないの。裕子がこれを知ったら――」

「勝手にしろよ」

と、大内は裸のまま、開き直った様子。

「表にはガードマンもいるわ。あなたを告訴することだってできるのよ」

大内は、バスタブの中に座り込んでしまった。――急に、がっくりと肩を落とす。

「ともかく、服を着てちょうだい」

と亜由美は言って、聡子を促した。

「——どうやって帰ろう?」

バスルームを出たものの、聡子は、頭から全身、濡れねずみ。おまけに服の胸元が、裂けている。

「電車で帰れば?」

と、亜由美は至って冷たい。

「そんな!　友だちでしょ!」

聡子はプーッとふくれて、「あの人、カメラマンのことだって、やらせだったのよ、知ってた?」

「何ですって?」

亜由美はびっくりした。

「ほら、知らなかったでしょ」

と、聡子、得意げに、「ちゃんと聞き出したんだからね」

本当は向うが、勝手にしゃべっただけなのだが。

「じゃ、あの人、自分でカメラマンを呼んだの?」

「そうよ」

「それじゃ……」

「ひどい奴ね。私、腹が立って——」

「それどころじゃないわよ！」

と、亜由美が言った。

「え？」

「カメラマンを突き落として殺したのも、あの人かもしれないわ」

「こ、殺した？」

聡子は目を丸くした。

「あなたも、殺されるところだったかもね……」

聡子は、ゴクンとツバを飲み込んで、

「でも——たとえ殺されても私は貞操を守り抜いて——」

「何を気取ってんの。——ちょっと！」

亜由美は、廊下にいたガードマンを呼んで、

「すみません、やっぱり警察へ連絡したいんです。この中の男の人を——」

「分りました」

ガードマンが、バスルームのドアを開けようとして、「——ロックしてるな」

「まあ。——大内さん！　出てらっしゃいよ！」

大内の返事はなかった。

「なに、ここのドアのロックは、硬貨で開くんです」

ガードマンが十円玉を出して、外からロックを外した。「——おい、早くしろよ」

ガードマンが立ちすくんだ。

大内は、シャワーカーテンのレールから、ベルトで首を吊《つ》っていたのだ。

「早くおろして！」

亜由美は叫んだ。「聡子！　救急車！」

「は、はいはい」

聡子は電話へと飛びついた。

8　許しの季節

「待った？」

と、亜由美は言った。

「いや——ついさっきさ」

ベンチで本を閉じたのは、木村重治である。

「ごめんね。じゃ——少し歩こうか」

「うん」

公園は、静かだった。

いくらかはアベックの姿も見えるが、少し雨もよいの空で、多いというほどでもなかった。

亜由美は、木村の腕を取った。

「——親しげに、ね」

と、低い声で囁く。

「うん……」

木村は、重苦しい表情だった。

「しっかりしてよ」

亜由美は、微笑んで言った。「あなた、秀美さんのこと、好きなんでしょ?」

「まあね……」

「まあね、じゃないわよ。恋人の見舞にも行かないなんて。——こうするのが一番いいのよ。分る?」

「うん」

と、木村は肯いた。

「秀美さん、意識を取り戻したのよ」

木村がパッと顔を輝かせた。

「本当に?」

「そう。でも、犯人の姿は見ていなかったって。足音だけは聞こえていたけど」

「足音ね」

「そう。その足音は、はっきりしていて、こっそり近付くって感じじゃなかったんですって。——それで分るわね」

「何が?」

「やったのが、八田みゆきじゃないってことよ。彼女なら、近付いて行くのを見られちゃ困るから、こっそりと、足音を殺して行ったでしょう」

「そうか」

「足音をたてでもよかったってことは、もし秀美さんに見られても構わない人だった、ってことよ」

「うん、分るよ」

「大学の中を歩いてて、別に誰も怪しまないし、秀美さんに親しく声をかけて来ても、別に不思議のない人だった……」

亜由美たちの後ろをついて来る人影があった。そっと、足音を忍ばせて。

しかし、その男は、少し片足を引きずっていた。

「木村君——」

亜由美が足を止めた。

「え？」

二人は向い合って立った。亜由美が木村を抱き寄せて、キスする。

タッタッと足音がした。

木村がハッと振り向く。

「父さん！」

木村助教授が、ピタリと足を止めた。

「重治！　お前はまたそんな女に熱を上げてるのか！」

と、怒りで声を震わせている。

「父さん、違うんだ」

「何が違う！　お前は勉強一筋に来たんだ。そのまま生きて行かなきゃならんのだ！」

「木村先生」

と、亜由美は言った。「だから秀美さんを刺したんですか」

「何だと？」

「父さん。もうやめてくれよ」

と、木村が前へ出た。「分ってるんだから」

「分ってる？　何が分ってるんだ！」

木村助教授は、叫ぶように言った。「何も分っとらん！　お前には……」

「先生」

と、亜由美が言った。「その足のけがは、私の犬が、かんだんでしょ？」

「これは――転んで――」

「調べれば分ることですわ」

と、亜由美が言うと、木立ちの陰から、誰かが現われた。

「失礼します」

と、殿永は言った。「木村先生、ご同行願えますかな」

「君は……」

「中原秀美に贈った花のカードの文字も、あなたのものと分りましたよ。どうしてあんなことを……」

木村助教授は、放心したように、呟いた。

「私には……永遠だったんだ。茂原聖美こそが、私にとっては……」

「父さん。——一緒に行こう」

と、父親の腕を取って、「構いませんか」

「もちろん」

殿永は肯いた。「車が待ってるよ。——さあ、行こう」

亜由美は、殿永に促されて、木村親子が歩いて行くのを、じっと見送っていた。

「木村先生が、私を……」

中原秀美は、唖然《あ》として、「本当なんですか？」

と、殿永を見上げた。

「うん」

殿永が肯く。「——息子に夢をかけて来たんだ。その恋人は、みんな憎かったんだろうね」

「まあ……」

ベッドで、秀美は、ゆっくりと首を振《ふ》った。

「それだけじゃなかったのよ」

と、亜由美が言った。

亜由美も一緒に病室を訪ねていたのである。――明るい光が射し込む午後だった。

「というと……」

「木村先生は――子供のようなロマンチストで――少し度が過ぎたのね。『愛と涙の日々』に感動して、あなたのお姉さんを、絶対の理想の女《ひと》にしてしまっていたのよ」

「それで私のことを――」

「裕子を脅迫したのも、そのせいで、裕子が聖美さんの美しい夢をこわそうとしているように思えたのね」

「じゃ、大内さんの机に脅迫状を入れたのも?」

「もちろん。簡単なことですものね。先生にしてみれば、大内さんも裕子も、どっちも許せなかったんだと思うわ」

「そして、たまたま、君が聖美さんの妹だと知ったんだ」

と、殿永は言った。「聖美さんの妹が、自分の息子を誘惑している。――木村には、もう押えられなかったんだな、怒りが」

「そうだったんですか」

秀美は、弱々しく笑った。「私――結局、いつまでも、お姉さんの妹なんだわ」

「秀美さん」

「そのせいで、木村君も失ってしまった……」

「彼、そこにいるわよ」

「――どこに？」

と、秀美は亜由美を見た。

「病室の外に。あなたに謝りたい、って言ってね」

亜由美は、「会う？」

と訊いた。

秀美は肯いた。

「――木村君、入って」

と、声をかけると、木村重治が、そっと入って来た。

木村と秀美の目が合う。少しして、

「どう？」

と、秀美の方が微笑んだ。

「うん……。済まなかった。父が君にあんなことを――」

「いいのよ」

秀美は、手を持ち上げた。「お願い。――手を取って」

木村が近寄って、秀美の手を握った。

「僕は――親父《おやじ》の代りに働かなきゃならないんだ」

「そうね」

「君には、幸せになってほしい」

「私、あなたと苦労した方がいいわ」

と、秀美は言った。

「秀美――」

「キスしてくれないの？」

二人の唇が触れたときには、亜由美と殿永は、廊下へと出ていた。

「――いいですな、若い人は」

と、殿永が言った。

「私も若いですよ」

「もちろん分ってます」

「そういう口調じゃなかったわ」

と、亜由美は笑って言った。

「――あら、いらっしゃい！」

亜由美の部屋に、裕子が顔を出した。

「いいところへ来たわね」

と、聡子もドテッと座り込んでいて、「ちょうどパイを食べ始めたとこ」

「じゃ、ご一緒しようかな」

「どうぞどうぞ」

亜由美は、案内して来た母の清美へ、「お母さん！　裕子にも紅茶ね！」

と呼びかけた。

「はい、分ってますよ」

清美は行きかけて、「――ねえ、裕子さん」

「はい」

「ウイスキーを紅茶に入れる？」

「いいえ。どうしてですか？」

「そう。――やけ酒にどうかと思って……」

――亜由美は、ため息をついて、

「気のきかせ過ぎなのよね」

と首を振った。「裕子、若いんだものね。またいつだって、恋ぐらいできるよ」

「うん」

裕子は、パイをつまんだ。「和男さん、カメラマンを突き落としたのね。――何年ぐらいの刑になるのかなあ」

「あんなの、一生入れときゃいいのよ」

と、聡子は冷たい。

「でも、哀れな人よ」

と、亜由美は言った。「若いころ――それも、まだ高校生のころに、あんな風に有名になっちゃって。よっぽどしっかりした人でなきゃ、振り回されちゃう」

「そうね」

と、裕子は肯いて、「あの人、いつも昔の自分を背負ってなきゃいけなかったんだわ」

「だからって、女に乱暴するなんて！」

聡子は、まだカンカンなのである。

「あれは、あんたもいけないの」

と、亜由美がたしなめた。「大体ホテルの部屋へ入ったんだから、何かされるかもって、考えるでしょ」

「そんなの——ただベッドでグーグー寝たっていいんじゃないの」

と、聡子は無茶を言い出した。

「でも……」

と、裕子は、少ししんみりと、「彼、自分の命で償おうとしたわ」

「そうね。後悔はしてるでしょ」

「だから、刑期も、短くなるかもしれないわね」

亜由美は、裕子をまじまじと見て、

「裕子、まさか——まだ大内のことを愛してるの?」

裕子は、目を伏せがちにして、

「いけない?」

と言った。

「だって——あの男、カメラマンにはわざと写真をとらせ、そのカメラマンを突き落として殺し——」

「聡子に乱暴しようとした。分ってるわ」

「じゃあ……」

「会ったの。彼に。病院でね。——泣いてたわ」

「それも、きっと手よ」

と、聡子が不信感をあらわに言った。

「うん。そうかもしれない。――私、しばらく様子を見ていようと思うの。あの人が、本当に立ち直れるかどうか。私がいた方がいいのか、却って、いない方がいいのか……」

「裕子、物好きねえ」

と、亜由美が呆れて言った。

「昔からよ」

裕子は笑って言った。

その笑いの明るさに、亜由美は安心した。

「――ね、亜由美、ドン・ファンの具合、どう？」

と、裕子は言った。「恩人だもの。もし、あのせいで――」

「大丈夫」

亜由美が、「おい、ドン・ファン、出といで！」

と声をかけると、

「クゥーン」

ドン・ファンがノソノソと出て来た。

「でも、あのときはグッタリして……」

「こんな風に？」

亜由美がポンと手を叩《たた》くと、ドン・ファン、ドタッと倒れて、ハアハアと苦しげに息をつく。

「まあ」

「相手が美人と見るとね、こうして同情をひくのよ。――ね、ドン・ファン」

「ワン！」

元気よく吠えると、ドン・ファンは、裕子のスカートの中へと潜り込んで行った。

「キャッ！――やめてよ、ほら！」

裕子がそう言いながら笑い出した。

亜由美と聡子も吹き出してしまう。

と――裕子のスカートの下から、ヒョイと顔を出したドン・ファン、

「クゥーン」

と、甘ったるい声で鳴くのだった。

この作品は、
一九八六年十一月に実業之日本社よりジョイ・ノベルスとして、
一九八九年十一月に角川文庫として刊行されたものです。

文日実
庫本業 あ1 22
社之

花《はな》嫁《よめ》は歌《うた》わない

2021年12月15日　初版第1刷発行

著　者　赤川次郎《あかがわじろう》

発行者　岩野裕一
発行所　株式会社実業之日本社
〒107-0062　東京都港区南青山 5-4-30
emergence aoyama complex 2F
電話［編集］03(6809)0473［販売］03(6809)0495
ホームページ　https://www.j-n.co.jp/
DTP　千秋社
印刷所　大日本印刷株式会社
製本所　大日本印刷株式会社

フォーマットデザイン　鈴木正道（Suzuki Design）

ISBN978-4-408-55701-4（第二文芸）